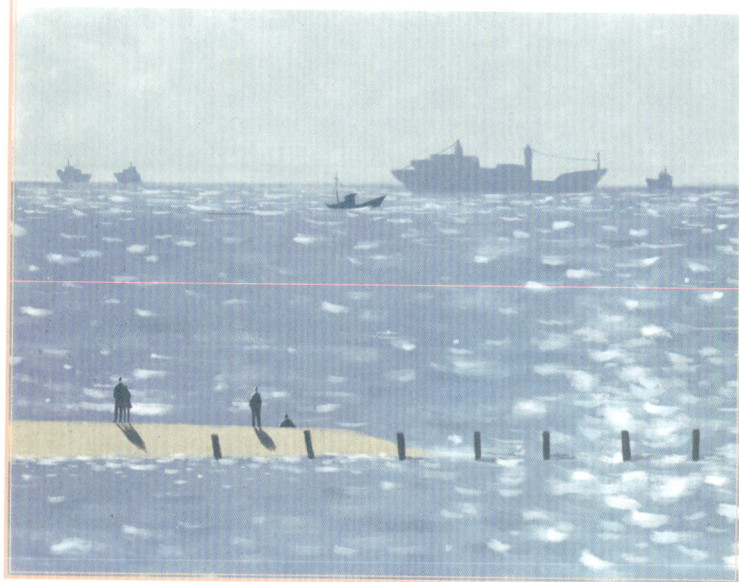

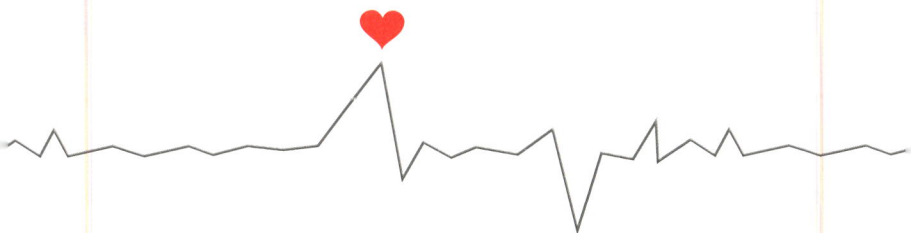

♥ 即便身处黑暗，依然不断前行。我们的人生，需要自己改变。

# 你的人生
# 还可以再
# 抢救一下

陈
虹
羽
作品

江苏凤凰文艺出版社
JIANGSU PHOENIX LITERATURE AND
ART PUBLISHING, LTD

看清这个世界，然后爱它。

自序：
我为什么要写"负能量"

朋友问，你为什么不写鸡汤呢，鸡汤多火啊？

朋友问，你知不知道一个负能量爆棚的人，是很招人讨厌的呀？

朋友问，读者都爱看粉饰太平的东西，你瞎说什么大实话？

道理我都懂，但却做不到。有些鸡汤有毒，我想反驳。

鸡汤总说，苦难是人生的财富。我想说，苦难是个狗屁的财富，它就是坨狗屎，能躲多远躲多远好吗。实在运气差遇到了，只能自认倒霉，甩都甩不掉，我当它是个毛的财富啊。

鸡汤总说，坚持下去一定会成功。我想说，如果所有坚持都能成功，世界上就不会有失败了。这种话，只是连坚持都做不到的失败者自欺欺人的安慰好吗。这个世界，坚持也可能是一种一条道走到黑啊。

鸡汤总说，外表不那么重要，重要的是内心。我想说，长得丑就是不如长得美啊。为什么我们都承认每个人天生智力不平等，有人聪明有人笨，就是不愿意承认人人天生长相不平等呢？比别人丑就只能比别人付出更多啊，和比别人笨就要付出更多是一个道理，有什么好抱怨的？

......

好像戾气太重？

其实也还好。

罗曼·罗兰说，看清这个世界，然后爱它。

我想表达的也差不多是这个意思。

我不歌颂世界多美好，但即便这个世界是如此，我还是打算努力活下去。

在这本书里，你能看到被拆穿的人生、残忍的真相、冷酷的现实和一些伤怀的感悟。我并不觉得它们是那种令人厌恶的负能量。想象一下：一事无成，工作找不到、研究生考不上、没有拿得出手的技能的年轻人，好吃懒做，愤世嫉俗，并不觉得自己差劲而只是认为自己没有机会，成天抱怨连连，这才叫人人避而远之的负能量。

怎么说呢，我不过是戳破一些美丽的泡沫，但我并未让大家堕落。而是希望泡沫破灭后，大家能更理智、更冷静地面对一切。

这就是我写"负能量"的意义。

最初是应《萌芽》杂志编辑的邀请，在它们的微信公众号里开设了"负能量"专栏。因为发表于网络，想着也不太容易被熟人看到，因此刚开始写时尖酸刻薄，又拿了很多身边的同学、熟人举例。

没想到居然辗转让那些人看到了……

免不了被"友尽"。

所以在整理这批稿件时，我基本每篇都重写了一遍。删掉了一些过于尖锐的说辞，尽量温和地表达主题。同时把一些事例也嫁接了，比如发生在小 A 身上的说成是小 B 身上，发生在同学身上的说成是同事身上。

万望熟人看到不要对号入座。

又及，刚开始写这些"负能量"时很随性，完全没想过它们会受到那么多读者的喜欢，甚至有机会结集出版。

感谢编辑，感谢所有一直支持我的读者。

哪怕我这么"负能量"，这么不可爱。

谢谢你们。

再及，希望那些负面的情绪最终都会过去。

希望我们每个人，都可以平和、聪慧、从容地生活。

陈虹羽

2016 年 6 月

第一辑

" 梦想只是失败者的挡箭牌 "

# 逆袭这种事
# 想想就算了

## 01

每次看那种讲一个怂小子突然获得了某种能力，然后风光无限地逆袭了的故事，都爽到炸裂。

《王牌特工》里，曾经被人欺凌、一事无成的叛逆少年，居然被特工局选中，又被资深的老特工垂青，一番培养后成为了王牌特工，以往的颓废一去不复返，不仅完成了惊险的任务，还能从容地将那伙以前一直看扁自己的恶棍教训了一顿。

《海扁王》里，被大多同学无视的中二少年，因怀揣着超级英雄梦，自己置办了一身行头，在几次见义勇为却被暴打后，竟结识了真正的高手，从此如愿以偿与恶势力抗衡，成为青少年们的偶像，追上了女神。

《蜘蛛侠》里，平凡得丢进人海就能被淹没的普通高中生，在被变种蜘蛛咬了一口后获得了超能力，从此上天入地，拯救了整个城市，得到了女神的爱。

……

为什么这种故事套路屡试不爽，总能点燃观众的热血？

因为每天都被生活碾压的我们，潜意识里是那样期望有一个事件，能将我们从现有的生活里解救出来，从此和不如意的过往说再也不见，过上想象中的人生。

也因为我们知道这种事不太可能发生，所以只能看虚构作品过过瘾。

## 02

小高是名策划，负责撰写公司各种活动的策划案。她的上司很糟糕，在下达任务时不把要求想清楚，等小高吭哧吭哧将策划案做好了，才一拍脑袋想出些新要求，然后要求小高重写。

更有时，上司自己也不知道要什么，让小高写了好几个方案，最后说，还是第一个好，就用第一个吧。

小高被上司气得抓狂，她无数次想过，辞职那天一定要等上司再一次开口说你这个方案不行要重写时，将文件砸在他办公桌上，大吼一声，你爱找谁写找谁写吧，姑奶奶不干了！

这个想象支撑着她熬过一个又一个加班改方案的夜晚，支撑着她在上司每次提出不合理意见时默默接受。她总想着现在忍一忍就好了，等找好了下家，辞职那天一定要当面告诉上司他曾经的要求多不合理，建议多不专业，根本不配坐在这个位置上。

可是后来呢？

真正辞职那天，小高并没有像想象中那样撸起袖子跟上司大干一场。人事问她为什么要辞职时，她也没说上司的坏话，只说是自己的原因，想换个环境。

并不是因为她看开了，愿意一笑泯恩仇。而是因为她发现，那个泼辣敢说的自己，只存在于脑海中。

她做不到。

她向来就是乖乖女，从小听父母老师的话，对他人的请求也不好意思拒绝。这样一只小白兔，怎么可能突然就有了勇气当一头敢想敢做的狮子？

## *03*

小祁读大学时喜欢过一个女孩。

他口才不错，作为一辩代表系里参加辩论会，那个女孩是三辩。比赛前，系里的辩论小组每天都讨论到很晚，队员关系很融洽，就像战友。小祁自恃有一点才华，觉得那个女孩对自己应该也有好感。他打算表白。

他不知道女孩子喜欢什么，问了一圈哥们后，决定在她生日那天送她一套化妆品。他用发表文章挣来的稿费在超市买了一套美宝莲，那是他能想象的最高档的牌子了。

女孩见到这份礼物后，并没有表现出小祁所期待的惊喜，甚至好像皱了下眉。她说自己平时都不化妆的，拒绝收下。小祁很苦恼，他不明白女孩为什么不收。说这是专门给她买的，要是不收也没人用，只能扔掉。女孩仍然坚定地拒绝了。

小祁请女孩的室友喝奶茶，偷偷问她们，她平时都不化妆的吗？那群女孩说，化的呀。小祁疑惑，那为什么我送她的美宝莲她都不收呢？

女孩们嘻嘻哈哈地笑开了，她们七嘴八舌地说，你傻呀，美宝莲这种开架牌子她怎么可能用，伤皮肤的呀，她都是去专柜买的。香奈儿知道吗？迪奥知道吗？

小祁永远忘不掉那群女孩的嬉笑。他去市区的高档百货找到了女孩们说的牌子，鼓起勇气问了问柜姐一支口红的价格。天，一只口红比他买的美宝莲全套还贵。他的恋情就这样还没开始便结束了。

有很长一段时间，小祁愤愤地想，等以后工作了有钱了，要送女孩一套百货商场里最大牌的化妆品。并不是为了再追求她，也不是要"拿钱砸她"，就是为了洗白自己给她留下的那个穷小子的印象，要拔去她见到那套美宝莲时轻微皱眉的表情在他心里种下的刺。

现在小祁工作了，月薪还不错。可是虽然能租一套看上去还不错的公寓，却拿不出首付的钱在大城市拥有一套房子。他也当然买得起一套大牌化妆品了，可他觉得没有必要花几千块买那华而不实的玩意儿。他的女朋友没事就在淘宝上找日韩的中档化妆品代购，用的是几十块一支的口红，一两百一瓶的粉底液。他们感情不错，虽然没有买房，还是打算结婚了。

## *04*

穷小子配大小姐，高帅富娶了灰姑娘，这样的故事常常被虚构的作品讴歌，却极少发生在现实世界。即使发生了，也极少有好结果。

我们都希望自己是能嫁给王子的灰姑娘。可灰姑娘在现实里不会嫁给王子，只会嫁给隔壁老王。就算嫁给了王子，阶级不同、眼界不同、思维方式不同的他们就能过上幸福生活吗?

很多人总以为靠自己奋斗逆袭不了，那嫁入豪门或者娶个富家千金总行吧。可事实却是，闯入了另一个阶层的你可能成天战战兢兢地活在看人眼色之下，这种如履薄冰的生活除了物质享受上升了档次外，大概也没好到哪儿去。

同样是人，但就是分属不同的世界。有些坎永远跨不过去，有些隔阂永远不会消退。不同世界的两个人，就是难以有交集呀。

强行交集，就是大家厌恶的凤凰男或者孔雀女的故事吧。

## *05*

富二代生富三代。穷二代生穷三代。

富二代做生意，有父母赠予的本金握在手里，有父母带来的人脉握在手里，想不成功都难。

普通人想靠做生意发家致富，却只能白手起家，从最苦最累的事做起，一开始做什么都要亲力亲为，人脉也需要自己慢慢去积累。

破产倒是容易，发财却难如登天。

即使真的成功了，那也叫暴发户，会被贵族们掩嘴嘲笑，冠以"土豪"的称谓。

## *06*

就算只是被甩这种小事，想要努力逆袭过得比之前更好，却也陷入"来看啊，快来看我过得很好，你怎么不来看"的孤独。

被甩的人根本不可能比之前过得更好。

当真的过得更好时，也懒得向之前那个人炫耀了。

## *07*

哪那么容易就能逆袭。

　　生活不是电影啊，不会有一个拨过去就有求必应的神秘电话；不会有超能力；温柔的绅士打完一架后发型一定会乱西装一定会皱；被毒蜘蛛咬一口即使不致命也会红肿过敏；不会有放着大把美女不要却单单喜欢什么都没有的你的霸道总裁；不会有轻轻松松就能得到的成功……

　　一个人属于什么阶层，就可能奋斗一生也只能成为这个阶层里过得比较好的人，却难以跃入更上层的社会。

　　这才是我们所生活的这个有序、势利、现实得乏味的世界。

# 是咸鱼
## 就别翻身了

### 01

人如果没有梦想，和咸鱼有什么区别？

这句打鸡血的话，激励了多少青年在追逐梦想的路上一条道走到黑。

### 02

有一段不短的时间，我在杂志社做编辑。期间接触得最多的并不是作家，而是坚持不懈投稿却一直在失败的形形色色的写作爱好者。

有位少年十分勤奋，隔三岔五来稿，写得倒也不差，但缺乏亮点，行文也不够成熟。

我不止一次告诉他，不要写这么快，不要一有想法就落笔，不要把习作悉数投过来，写之前要多想。他并不管，仍旧保持着极高的来稿频率。后来我录用了他一篇相对来说质量不错的小短文，作为杂志版面补白的备用稿，几个月后见了刊。

从此他就像翻身的咸鱼，开始以作家自居，在杂志论坛里高谈阔论，大谈自己并不怎么高明的创作理念。

有一天我看到他提起，他毕业了并没有去找工作，决定要当专职作家。

但他后来再也没能发表作品，甚至因为混吃混喝，在圈内落得个不好的名声。大家提起他，都是心照不宣地一笑。

有一次作者们聚餐，他看到了我们发在朋友圈的消息，不请自来。看到他蓬头垢面的样子，我心里有些惴惴不安，担心自己之前发表他那篇短文是不是做错了？如果不给他这点希望，他是否就会安生地找个工作？

他聊着自己的现状。住在家里，然而跟父母关系并不好。父母一直催促他找工作，他烦都烦死了，觉得父母不理解自己。

我试图劝说："不要不找工作啊，靠写作养活自己很难的。"

他双手一挥，大义凛然地说："没事。"

拜托，你为了追梦吃不饱饭没关系，可你明明成为了家人的负担，只要你"没事"就可以吗？

这样的翻身，还不如老老实实当一条好好工作按部就班生活的咸鱼啊。

### *03*

小李是我在某次朋友聚会上认识的人。后来也一起玩了几次，算是酒肉朋友吧。

每次聚会总能听到她抱怨。她很讨厌她的工作。

她在一家公司做报表，经常在朋友圈苦兮兮地说自己在加班，结果了解她工作状态的人偷偷给我们讲，她加班可怪不得别人，是她自己丢三落四马马虎虎，一份报表里常常出现好几个错误，每每被主管批评，不得不留下来加班修改。

后来小李决定换个工作。

她说，想了很久，觉得那份工作不适合自己。她开朗热情，爱交际，爱玩，应该去做销售或者市场推广。

咸鱼当久了嘛，总想努力翻个身看看。

不久后，她如愿以偿找到了个销售的工作。

她的朋友圈在打了一个月鸡血后，很快恢复了以往的抱怨连连。她有新的内容可供抱怨了：销售太辛苦，风吹日晒总往外跑；底薪太低，没有业绩根本赚不到钱，还没以前的工资高；没少受客户的气，生意却没谈成几单⋯⋯

前阵子，听说她又想换工作了。

有些人将自己的无能归结于工作的不合适。总想着只要一直跳槽，总能遇到适合自己、能让自己大展拳脚的工作。可惜越换工作，越暴露了自己的无能。

总以为翻个身就能过好人生，最后却满身伤痕跪地求饶再灰溜溜折返。之前许下的雄心壮志说过的豪言壮语都变成了笑柄。

如果只有一份工作自己干不好，还可以用"不适合"来当借口。

如果不管换几份工作都干不好，不就相当于让全世界都知道自己是咸鱼了吗？

## *04*

我身边有很多人，都觉得自己的人生值得扼腕叹息。

有人喜欢文科，却因为社会上重理轻文的偏见，被家长强迫要求选择了学理。最后学不进去，只考了二流大学，混着日子。他们总爱幻想要是当初选了文科会怎样，好像只要读文科就一定能考上重本。

有人从小喜欢漫画，高考后填报志愿，因为长辈说学动画不好就业，便去学了所谓吃香的会计。可惜整天面对账目令他们痛苦，在学校里天天逃课，门门挂科。

从小爱好写作的人，我认识的更不少。但他们大部分都没走上写作的道路，甚至连"豆腐块"也没在正式刊物上发表过。他们过着随波逐流的生活，只是在社交网络上写写酸得掉牙的心情碎片，好像会伤春悲秋就能成为作家。

所谓扼腕叹息，无非是以为自己满腹才华就这样被消磨了，生活稍不如意便去怪当时左右自己选择的人。怪班主任，怪父母，怪社会现实。

一遍遍在白日梦里设想：若非他们阻拦，千方百计说服我放弃梦想，再选了热门专业逼我学，又怂恿我考了公务员，让我成为目前这样普普通通的人……我现在已经是著名的漫画家、作家了吧？是发了好几张唱片的歌手了吧？是新锐导演了吧？

白日梦醒，听着筷子兄弟唱"当初的愿望实现了吗，事到如今只好祭奠吗"，看着中规中矩的两居室，看着厨房里的锅碗瓢盆柴米油盐，真后悔过着最普通的人生。

好像是平凡之路让他们成为咸鱼的。

其实，厉害的人能过好每一种人生。

## 05

为什么有的人活得光鲜亮丽，有的人却活得鸡飞狗跳？

为什么有的人无论做什么都能做好，有的人却永远无法成功？

因为有的人是龙，是千里马，而有的人只是一条咸鱼啊。

咸鱼永远越不过龙门，不管它是挂在窗外被风干也好，还是放在油锅里煎炸也好，它不会变成别的什么，它只会是咸鱼。

当被放在铁板上时，不去挣扎不去翻身，也只会单面焦。灼烧自己承受着，好歹还有光鲜的另一面给他人看。

努力翻个身呢？

双面焦而已。

# 自己都养不活
# 还谈什么梦想啊

## *01*

有很多自己本身就已功成名就的人大谈生活之道，无非是鼓动年轻人大胆追求梦想，不要向生活妥协。

他们宣称只要坚持，梦想一定能实现。唯唯诺诺被现实磨平棱角却从不反抗，在他们看来是不可忍受的懦弱。

可能是被他们洗脑了吧，我曾经也相信，只要坚定不移地付出努力，没有实现不了的梦，天道酬勤。

我也说过一些大言不惭的话，诸如"喜欢的东西就去追""不想过的生活就不要过"之类。

现在再看这些想法，真是一厢情愿地相信和无可救药的中二病。

## *02*

我当编辑时，有一位投稿者令我印象深刻。他在来稿中附了信件，表明自己家境苦寒，目前母亲又卧病在床，急需一笔钱诊治。他不愿放弃文学梦想，哪怕在这种境地也坚持创作（却至今一无所获）。现在他已到了破釜沉舟的境地，这次背水一战写出的"惊天巨著"一定能一鸣惊人，询问编辑是否能预支他稿费，先解燃眉之急。

且不说那封信后面呈上的作品根本达不到发表水平，把自己的苦当成筹码压在一件本该轻描淡写的事上，又是何必呢？

像他那种境地，有工夫写小说，真不如去踏踏实实干点活打个工来得痛快。

每次讲这些事，就有人站出来反驳。他们会说，卡夫卡的作品，生前根本没人看，也几乎没得以发表和出版，就是被像你这样鼠目寸光的编辑害的。他们会如数家珍列出那些被拒稿多次最后终于成功的作家名字，以表明无论生活多么窘迫，只要坚持就有出头的那天。

我不介意当一个所谓抹杀天才的编辑，让世界上少一个卡夫卡。我希望让更多不是卡夫卡的人不要困顿终生连累家人，踏踏实实做点接地气养活自己的事。

我相信是金子迟早会发光，而不是金子怎么都不亮。

他们又会拿出最著名的渡边淳一的例子，以证明就算八十岁，要过自己想过的生活，要实现梦想也为时不晚。

八十岁，要过想过的生活当然不晚。只要有衣食无忧的基础，做些喜欢的事，且无所谓成败又不拖累他人。

可是，二十岁的你，靠五十岁的双亲辛勤工作来养活，也好意思谈梦想吗？

### 03

我读中学时，邻居家有个小姐姐死活不读书了，要去参加选秀。那几年选秀正流行，到处都有一夜爆红的神话。

父母不让她参加，她就要死要活。最后没办法，只能由着她来。

我家在那个小区住了挺多年，院子里的孩子差不多都是一起长大的，平时关系不错。

　　那个小姐姐给我们看她的新衣服，说是为了选秀比赛让家里专门买的，在商场的一个什么什么专柜，好几千块钱。那是十年前了吧，几千块的衣服完全超出了我的认知概念。

　　虽然羡慕她可以不上学了，羡慕她有机会上电视，心底还是隐隐觉得这么做似乎不太好。

　　后来呢，她通过了海选之前的海选。通过了这一层，才有机会进录影棚，当着明星评委的面表演，即我们在电视上看到的海选。

　　结果当然是没晋级。

　　她并没有太沮丧，觉得第一次参赛能进录影棚就不错了。

　　当地海选的赛况在电视上播出那天，她专门让我们都去她家和她一起收看。

　　我们挤在她家的客厅，连广告都没落下地从头看到尾，却根本没看到她的身影。

　　她被剪掉了。

她父母以为闹过这么一次她也该收心重新去好好读书了，没想到她就像着了魔似的，这个比赛没通过就去那个，反正那些年选秀比赛那么多，不愁没有可参加的。

不管怎样，她就是不读书。她说，音乐是她的梦想啊。人生有了目标，怎么能不去追呢？

那一两年她参加遍了全国大大小小的选秀，有进了几十强的，也有初选就被淘汰的。

再后来，所有选秀节目一夜之间偃旗息鼓，她并没能爆红。

我家搬走了，没再听到她的消息了。

我只记得她妈妈那两年老得特别快。有时不放心她一个小女孩独自出门，总要陪她去外地参赛。自己也不买新衣服了，钱都花在女儿买演出服上了。

现在想想，她那种追梦的过程就像胡闹。

全世界就你一个人有梦想吗？你有梦想就高人一等，家人都得让着你养着你，任由你打着梦想的旗号胡来吗？只要有梦想，就可以成为自己不干正事的理由吗？随随便便就以梦想为借口，也根本不看看自己有几斤几两，是否有足够的能力去实现吗？

如果你的梦不实际，我宁愿劝你放弃。

## 04

李安的故事，大家都听过好多遍了。他为了拍电影的梦想，赋闲在家，研究艺术，期间全靠妻子养活，整整六年。

这给那些打着梦想的旗号由家人养活的人提供了很好的借口。

他们会说，要不是妻子养着他，他要是放弃了梦想去做了普通的工作，世界上就不会有李安了。

可事实却是，一万个这样的人里大概只有一个成为了李安，而其他九千九百九十九个都一事无成，最终混吃等死。

就算是李安，赋闲在家研究电影之前，他已获得伊利诺伊大学导演专业的学士学位、纽约大学电影制作研究所的硕士学位。他拍摄的短片《荫凉湖畔》《分界线》拿了一些奖，并与美国的一家经纪公司签约。是在这样的前提下，他才有底气不工作，在家研究电影，他妻子也才有信心养着他。

否则呢？

真以为他是在毫无基础的情况下，脑子一热就要去追求拍电影的梦想吗？

## 05

一个从小到大都没接触过电影知识的人，只因为爱看电影，觉得拍电影可能会比较有趣，就放弃干得好好的工作，开始在家研究电影怎么拍；

一个从来没在杂志发表过文章的人，只因为爱好写作，就大学毕业了也不找工作，在家啃老，却梦想着要当专职作家；

一个连五线谱都不识的人，只因为看了电视节目里那些制造明星的选秀歌唱比赛，便抛开生活琐事，以此为人生目标……

这些从来不是热血的励志故事，而是没有担当的人如何一步步变成一个好吃懒做的人的故事。

这样的人，请不要再拿"梦想"这种伟大的词当借口了。

你以为"梦想"就是一拍脑袋突发奇想要去做的事吗？

## *06*

你也许要说，日常生活太琐碎了，要是整天为生活奔波，还怎么去追求自己的艺术理想啊。

世上并不会因为一个天才被压抑而少一名艺术家，实际上，有天赋的人无论正做着什么，也迟早会在他擅长的领域发光。

没有发光，并不是生活压抑了你，只是你不够有天赋而已。

不要堂而皇之地说什么要不是当初父母逼着你学了不想学的专业……说得好像真让你如愿走了自己想选的路就能成功一样。

事后嘴上逞能，不过是可笑的口腔英雄啊。

考大学，找工作，挣钱糊口，看似最普通的路，走的人最多，也最简单。连最简单的路都走不顺，那些更难的登天梯呢?

既然那么不屑这种"平凡"的人生，不如花一点点精力随便应付应付，保证自食其力不被饿死，再分出精力去做那些需要天赋的事，对于天才如你来说，一点都不难吧?

看似过着普通的生活，其实在暗中研究自己喜欢的动漫、音乐、文学。当有一天作品问世，一鸣惊人，不是更让他人惊讶吗?

放着大路不走，偏偏哪条路窄走哪条，说得好像自己多清高，其实只是连走好最简单的路的能力都没有吧?

## 07

你只看到了成功者的风光，就以为成功无须努力。

你只看到了成功者在最艰难时得到了家人的支持，就以为只要耗在家里让家人养着就可以成功。

你以为自己找到的是梦想，其实只是一种自以为是的通往成功的捷径罢了。

你根本没有梦想。

你说不喜欢现在的生活。不喜欢朝九晚五，不喜欢周一到周五，这种生活让你感觉自己像条狗，像行尸走肉。你的梦想是环游世界，是睡觉睡到自然醒、数钱数到手抽筋。

让我告诉你，你纯粹只是懒，是逃避责任，你的梦想其实就是不付出劳作也会有用不完的钱。

哪有这样的好事?

没有人享受赚钱糊口这个过程，成功的人在于他们尽量用自己喜欢的方式赚钱糊口。可一个连赚钱糊口都做不到的成年人，有什么资格对方式挑三拣四呢？

# 重来一遍的人生
## 就会更好吗

*01*

之前微博上有一段转得很火的话，大意是如果一觉醒来，你发现自己正在高中的课堂上，到目前为止所经历的一切不过是一场很长的梦。老师在讲台上讲课，课本摊开在课桌上。窗外阳光明媚，飘着柳絮。你会怎样？

高中时老老实实学习的人会说，早知道就不要那么努力读书了，没有早过恋，没有逃过课，没有打过架，青春都被狗吃了。

有过叛逆青春的人却说，如果能重来一遍，真想好好读书，考个重点大学啊。

看，并不会因为选择了另一种人生就过得更好。大家都只是羡慕自己没有经历过的那种人生罢了。

可是，并没有一种人生会不留遗憾。

你想过另一种人生，是因为现在的人生充满遗憾。但就算当初选了另一条路，总会有另外的遗憾在等着你啊。

正因有遗憾，不才是我们的人生吗？

## 02

有时我们面对红玫瑰白玫瑰的选择，选择了红玫瑰，便心心念念着白玫瑰，选择了白玫瑰，便魂牵梦绕着红玫瑰。

得不到的永远在骚动，被偏爱的有恃无恐。

其实，没有哪个选择是更好的选择，而是没被选择的那个是更好的选择。我们只是习惯性地对正在过的人生不满，为了掩饰自己的失落，总幻想着只要当初选了另一条路，一定会过得更好。

想要人生重来一遍，无非只是想体验另一条没被选择的路罢了。

可是，人生就是买定离手，选择了一条路好好走下去就可以了，为什么一定要贪恋对岸的风景呢?

### 03

而另一些时候，我们想要重来一遍，并不是因为贪恋没尝过的滋味，却是因为想要修复某些错误。

### 04

小洋谈了一场糟糕的恋爱。

一年前她在网上认识了一个男孩子，甜言蜜语说得动听得要命。两人很快陷入热恋，然后那个男孩子说自己放弃了工作，要去小洋所在的城市找她，并在那里定居。

一个男生愿意放弃自己的事业来追随她，小洋觉得一定是真爱吧。她快要被幸福淹没了。

可之后的情况却不是这样。

男孩住在小洋租的房子里，一开始说是暂住，等找到了住处就搬走。可住着住着就变成同居了，却没提出要负担房租。这也罢了，在爱情中智商为负的小洋想，既然是男孩放弃了一切来这个城市投奔自己，那自己提供住处也是理所当然的吧。

男孩说要找工作，但三个月过去了，他除了每天在家打游戏，完全没有要出去找工作的样子。

小洋之前养自己一个人都月光，现在多养一个大活人，生活质量直线下降。之前每个月都买衣服的，现在买不了了；之前总在外面吃饭，现在在家做了。可就算是这样，沉浸在爱情里的小洋还是觉得，这就是爱吧，两个人在一起就着咸菜啃馒头很浪漫啊，就像风雨同舟的老夫妻。

后来男孩开始找她借钱。说是借，其实从来没还过。一开始几百几百的，小洋还拿得出手。后来胃口越来越大，有一次居然要借五千块。

小洋的爱情梦终于醒了。

她废了不少工夫才摆脱这个渣男。搬了家，换了手机号。她觉得那一年的青春真是喂了狗。

要是人生可以重来，她真希望一切都没有发生过啊。

## *05*

我的朋友小倔，他的人生际遇讲起来都叫人唏嘘。在他十七岁那年，父亲在出差的路上发生车祸去世了。因为母亲在车祸发生之前催促过父亲快些回家，因此这些年母亲都很懊恼。

小倔消沉了好长一段时间，好在后来还是慢慢恢复了，还考了所不错的大学。

现在再聚会，他看起来跟常人没什么两样。只是有时大家聊到家里父母有关的话题时，他眼里的光会突然暗淡一下。

他说，要是时光能倒流，让一切重来一遍，那一年真是说什么都不会让父亲去出那趟差。撒泼打滚也行，生个重病都行，总之不能让父亲走。即使父亲还是出差了，他也不会让母亲说出催促父亲赶紧回家的话。无论和父亲出事有没有关系，他不希望母亲后半生都活在懊悔之中。

可是我们都知道，"重来"只是一种假设罢了。

## *06*

我们的人生里当然都发生过一些非常糟糕的事。

遇到不好的爱情，遭受突发的灾祸，失去重要的人。

我们无不在事后痛哭流涕，追悔莫及——

好想重来一遍。

这时我不会再说人生要有遗憾才完整了，因为这些遗憾太沉重，沉重到我们根本难以承受。

我也不会说不管好的还是不好的，人生已经给了我们最好的安排。这些撕心裂肺的伤害，算个狗屁的最好的安排。

但是……如果有时光机，我们可以一遍又一遍地回到过去修复那些糟糕的事，就真的能让人生完美无憾吗？

电影《蝴蝶效应》讲的就是这件事。

主角的人生非常糟糕，在他偶然发现有个办法能重返过去后，他开始一遍遍回到过去关键的时间节点，企图修复自己的人生。然而事与愿违，他并没有生活得更好，而是将生活改得越来越一团乱麻。

好在人生无法重来。

我们没办法验证重来一遍的人生是否会更好，也不会将人生越改越坏。

也正因为它无法重来，我们只能接受已经发生的一切，按部就班地活下去。

## 本本分分
## 当个合格的屌丝吧

### *01*

小图。女。二十三岁。本科毕业。工作一年。上五休二。朝九晚五。从不加班。月薪两千。

她仍旧和父母住在一起，家离上班的地方颇远，可是又没有多余的钱租公司附近的房子。

她有人群恐惧症，不喜欢和陌生人说话，所以朋友圈子小得可怜，也认识不了新的男生，交不到男朋友。

她有心在工作之余搞点副业赚些零花钱，可惜拖延症严重。每日下班从城南坐两个小时地铁穿梭回到城北的家，只想赶紧吃了饭洗洗睡觉。周末打开电脑也只是一遍遍刷网页看电影。想要开个淘宝店啊什么的，都只局限于一个想法，从未落实到行动上过。

她倒是想得开，常常自我调侃，女屌丝嘛，就这样咯。

她也想过要改变，但不知道该怎么改变。

因为是女屌丝，所以工作了一年手头的存款从未过万，每存一些，换台电脑换个手机便会花得精光；因为是女屌丝，所以每个月的收入有百分之六十以上花在吃的方面，其他的，看几场电影逛一逛淘宝没了便没了吧；因为是女屌丝，逛商场也只能买打到三折的旧款衣服，更多的衣饰来自网购；因为是女屌丝，所以心中愤愤却也安于现状。

因为是女屌丝，所以永远成不了白富美吗？

## *02*

小宏。男。二十一岁。本科在读。政治专业。二流学校。成绩优异。宿舍杠头。自命清高。

他的每一条微博，几乎都是评论各项国际大事。为了突出自己的观点和个性，不惜极端张狂。一旦引起陌生人回复，他势必跟其理论，直说到别人受不了下线不再理他为止。

他极认真地学习书本知识，把多次获得过奖学金当作自己的勋章，逢人便拐弯抹角地炫耀。

他看不起身边大部分同学，总抱怨要不是自己当年高考考砸了才不会来这破学校。快毕业了，不少人已跟小公司签好了工作协议，他撇嘴一笑："嘁，要去就去大公司，那种混日子的工作有什么意思啊。"

他是应届毕业生，对工作的要求是：最好是政府部门或外企，月薪不能低于五千块。然而还剩一个月就该从学校滚蛋了，他理想中的工作仍没着落。

他没有女朋友。而他的同学谈上恋爱的，都免不了被他奚落一番："就凭他那个熊样也能找到女朋友？我敢打赌他们绝对不出三个月就会分手，你信不信？"

"他不就是有点钱嘛，那个女生是看上他的钱了，他还整天扬扬得意的。再说了，那个女生长得也不漂亮啊……"评头论足后，他摇摇头一副忧心的样子。

其实他倒是有过一个女朋友，毕竟有些小"才华"，总容易骗到未经世事的女孩子。但他们才真正是不出三个月就分手了。因为那个女生和他在一起后，逐渐受不了他整日的自我吹嘘和咄咄逼人。

好吧，他或许的确有些才华。可他的才华及不上他的野心，最后令他变成了一个恃才傲物、夸夸其谈的人，让所有人敬而远之。

因为是屌丝，所以永远都心比天高吗?

## 03

小超。男。十九岁。复读了一年后终于考上全国前十的名校，现在读大二。物理专业。挂科率 60%。缺勤率 60%。

他已经有些回忆不起高中每天六点半起床，除了上厕所和吃饭要一直学习到夜里十二点的日子。可是除了考试他什么都没学会，现在更是连考试也不会了。

他喜欢打游戏，可是读的高中是封闭式管理，只有每月一次回家时才能玩上那么一两个小时。现在电脑就摆在宿舍床铺下面的桌子上，他只要睁眼醒来下床，摁一下电脑的开机键，就能进入另一个世界。

他从来没谈过恋爱。从大一起暗恋一个女生到现在，可那个女生在朋友圈发自己的照片，其他人都夸赞"美死了"，只有小超为了显示自己的特立独行，酸溜溜地留言说："好像比上次胖了一点哦！"

女生一直没有回复他。她发的每一条朋友圈都有小超的回复，可他说的话要么是令人生厌的套近乎，要么就是吃不到葡萄便说葡萄酸的话。对于这个女生来说，小超是连屏蔽这个功能都不值得对其使用的一缕空气。

小超不知道该如何与人接触，所以索性宅起来不出门。他可以连续五天每一顿都吃泡面，可以一周都不洗澡也不洗头。可一旦跟他聊起游戏，他立马像换了一个人，神采奕奕滔滔不绝，似乎那才是他终生的事业。

他在学校里几乎已成了一个不存在的人，家里当然不知道他目前的状况，他也不知道以后要怎么办，本来还以为进了名校就可以改变命运呢。

然而因为是屌丝，所以永无出头之日吗？

## 04

"屌丝"这个词出现后，凡跟"穷矬矮丑土肥圆"等特征沾边的青年，无论自愿还是不自愿，统统沦为庞大屌丝群体中的一员。

从此世界一分为二，白富美、高帅富和屌丝之间竖起无法逾越的高墙，好像屌丝们无论如何努力，也逾越不到另一边夜夜笙歌的世界。

没有重合，没有交集，甚至没有想要改变的心。

看到开着拉风跑车的年轻男人，会恶意地猜想——是富二代吧！花家里的钱显摆有什么了不起？若是年轻女人则又会想——反正是被包养的！

想到自己既没有把家里的钱拿去挥霍，也没有傍大款被包养，竟也生出一丝自豪。

不得不承认，有些光鲜的白富美、高富帅所花的钱的确并非自己劳动所得。正因如此，屌丝们找到了一个道德制高点，心安理得地过起自己毫无品质可言的生活，好像当屌丝是一件很骄傲的事。

其实屌丝不过是些放弃了自己的人罢了。

没真正考虑过要如何脱离困境，或者是自命不凡根本看不清现实，再或者就是沉浸在虚拟世界里从菜鸟直升到最高一级，好像自己变成了英雄。

可这难道不是坐以待毙吗？

## *05*

要一跃成为白富美、高富帅当然是很难的。

如果只是找一份平凡的工作兢兢业业劳作，一辈子也住不进高档社区。

如果每分钱都是自己辛苦挣来，怎么舍得每个包、每件衣服、每样化妆品都买几千上万的名牌。

如果不去整容，一辈子也和高、帅、美等词沾不上干系。

这些岂是靠我们自己能说了算的？

我想起网上看过的一个段子：一个长得很丑的人，只要从十八岁开始，善待他人，用宽容和理解的心面对世界，如此坚持三十年，就可以成为一个长得很丑的中年人。

其实屌丝大抵也如此。

面对这个上天无路的世界，好人一定有好报、努力一定会成功的世界观统统瓦解。阶层早已固化，上层没有自己的位置。

对于屌丝们来说，在魔兽世界里进入上层要容易得多。

但真的甘心吗？真的甘心什么也不做，只是消磨光阴吗？

在断网停电没有游戏打的时候，在深夜终于结束了一天的虚度上床躺下准备入睡的时候，在等一碗泡面泡开的时候……是不是也有一些后悔和不安于现状，也会想——

如果长得不好看，至少可以把自己收拾得整整洁洁。

如果没有机会，至少先认真完成目前的每一件事。

如果暂时没有很多钱，至少努力工作——不管怎样，这个世界连努力都不一定有回报了，不努力更不会天上掉馅饼的。

## 06

看到这里，有读者要给我一巴掌了，不是你说的逆袭这种事想想就算了吗？不是你说的是咸鱼就不要翻身了吗？不是你说的自己都养不活根本不配谈梦想吗？做屌丝我们也不想的，可我们又能做什么？

不是要你拼了命去逆袭，不是要你瞎折腾，不是要你定一个根本够不到的目标。

　　只是让你别自暴自弃。

　　像是躲在茧里的蛾子，自知没有蝴蝶那么美丽，所以干脆
连破茧而出都免了吗?

　　都已经是屌丝了，只能比别人更辛苦地活着，才能稍微有
那么一点体面。

　　即使当不了自带光环的主角，至少当一个体面的NPC（非
玩家控制角色），不给他人添堵。

　　大概也好。

第二辑

" 事实就是如此令人伤感 "

## 失而复得
## 并不存在

*01*

我是个对心爱之物极其执着的人。

小学大概五六年级的时候，母亲送了我一支钢笔作为生日礼物。那时大家都用六七块一支的英雄基本款，而这支钢笔曾摆在百货商店的玻璃橱窗里，卖好几十块。好阵子前路过时我就一眼看中了它，在母亲答应生日给我买后，我心心念念地等了几个月。

长久的期盼后，终于将它握在手里的那一刻，心满意足的幸福感无以复加。

这就是所谓的"钱买不到的幸福"吧。因为有等待，不能轻易拥有，所以拥有时才觉得幸福。如果随随便便就能买好几十支，拥有这支笔就不会产生这样的幸福感了。

香槟色的金属质感笔身，银色的极细笔尖，书写既娟秀又流畅，从不堵塞也不会漏墨。在拥有了它以后，我连写作业都更有干劲了。

可不管怎么小心翼翼地爱护，所有钢笔都逃不出滚落桌面摔断笔尖的宿命。

这支也是如此。

它啪嗒掉在地上，发出喀的一声。这一声几乎就是心碎的声音。我捡起来发现笔尖不出所料地断了。

那种郁闷感非常沉抑，像一击钝击拍在心上，倒又不至于要难过得哭泣。只是很遗憾，百般地希望着要是它不曾滚落桌面就好了，继而懊恼、悔恨。

出于一种希望这心碎的瞬间就像没发生过的固执，我并没有告诉母亲让她再给我买一支。不是怕她拒绝，我只想让一切不动声色地恢复原样。

于是我花自己存下的零用钱去百货商店买了一模一样的一支。

几十块是什么概念呢，那时候，油条三毛钱一根，豆浆五毛钱一碗，炒饭两块钱一份。

这些钱我可以买无数不干胶、明星卡片、果丹皮、干脆面，也可以买七八支英雄基本款，从此成为一个有满满一文具盒钢笔的土豪。

可我毫不犹豫地花光所有积蓄，去买那支一模一样的笔。

一支笔并不值得我这样倾尽所有。

但"失而复得"值得。

如果倾其所有就能失而复得，大概有不少人都是愿意的吧。

可是，一切并未如我所愿地恢复原状。出于一些细微的差别，也或许只是心理上的感受，这支新笔并没有原来那支好写。我拿去百货商场换，但我试了这款笔所有的存货，没有一支能比得上原来那支。

不得不承认的是，就算我有钱买下所有的这款笔，原来那支也不会回来了。

它已经折断，不能复原，就像一只碎掉的花瓶，一个被切成片的西红柿。

这世间的一切事物，都是走向破碎容易，要完好如初却难如登天。为什么我们喜欢看倒放的视频，因为在那些倒放的视频里，我们知道不可能再复原的东西，那些湮灭的细尘，破裂的碎片，让它们再聚拢只能是梦。

视频可以倒放，时间却无法倒流。

## *02*

长大后的我也是如此。

丢了一把心爱的伞，明明有那么多新款，却要买和弄丢的那把一模一样的。坏了的饰物，弄脏的新衣，就算再买相同的，或许也不再是那个人送的，以及错过了穿它的场合和天气。

## *03*

我的朋友小夏高中起就和男朋友在一起了。他们考了同一个城市的大学，以为脱离了老师和家长的束缚，将更好地相爱。

可是和大部分初恋的情侣一样，他们没能经住新世界的诱惑。

高中的世界那么小，他们的眼里只有彼此，可到了大学，生活那么精彩，世界那么大，不同的人那么多，那个曾经占据全部心灵的人，在心里的位置极速缩小。他们同时失去了对方。

我问小夏，失去了从高中坚持到大二的恋情，遗憾吗？

小夏说，当然遗憾了，但也想试试没有他的新生活。

他们没有再联系。

而这段时间里，小夏总是时不时要搜他的微博，看看他在做什么。她说，像是怀念他，也像是怀念过去的时光。小夏经常想他，经常翻出那个电话号码，想试着添加微信，或者发一条消息。但她最终没有这样做。

直到大四毕业那年，小夏的高中班级搞了一次同学会，两个人重新见面，突然有很多话说。

几天后小夏告诉我，她和他重新在一起了。这些年遇到了很多人，绕了很多路，最后还是觉得对方最好。

电影或者小说通常到这里就结束了，而现实生活还要继续。在这个故事里，小夏和他终究没有走到最后。

他们在复合后，渐渐发现对方已不是记忆里的样子，分开的那两年，他们各自改变、各自成长，时间的沟壑撕裂了他们。

这一次在一起的意义，就是他们发现，他们不可能再在一起了。

没有谁对谁错，只是你喜欢过去的我，而我已经是现在的自己。要想失而复得记忆中那个未曾被时间改变的恋人，几乎毫无可能。

就好像我们人人都想回到过去的时光，但我们还是无法停止地向前走着。

让一切停在失去的那一刻，相见不如怀念，才是最好的结局。

## 04

小时候，我买过很多流行歌手的磁带，孙燕姿，莫文蔚，周杰伦，林俊杰，有满满一抽屉。后来搬家，因为连播磁带的机器都没有了，而且那些歌反正也能从网上找到，干脆把它们当废品卖掉了。再后来，我突然怀念以前用随身听听歌的时光，从淘宝上淘来一台随身听和几盘磁带。

但是只听了一回而已。

它们再一次成为在角落蒙尘、占据有限空间的鸡肋，我再一次为要不要清理掉它们伤透脑筋。

## 05

如果你有一件很心爱的东西，当你失去它，你便不会再找到那个和它一模一样的了。

如果你怀念一个曾经失去的人，当你再拥有他，你会发现他并不是记忆里的样子。

一件物什，一个人，一段时光，很可能仅仅因为那一刻它们恰巧出现在那里，才占据了我们的回忆，让我们在失去后总想着追寻。

然而，然而——

世界上并不存在真正的失而复得这件事。

过去的也回不去了。

## 唾手可得
## 毁掉欢愉

*01*

小时候玩电脑游戏，玩得最多的类型是角色扮演冒险。那时基本都是单机游戏，我喜欢过的有美国暴雪的经典之作《暗黑破坏神2》，国产的仙剑奇侠传系列、轩辕剑系列，日本Falcom公司旗下的伊苏系列、英雄传说系列、双星物语等等。

因为课业比较重，平时都不碰电脑，要到周末才能玩一两个小时，加上没有攻略，常常遇到一个boss（怪物头领）怎么打都打不过，或者一处剧情卡了很久都不得要领的状况，一个游戏要好几个月才能通关。

但还是乐此不疲。

遇到打不过的boss，就死了又读档，死了又读档，重复几十次，直到打倒它为止。遇到卡住的剧情，就满地图乱转，和每一个NPC（非玩家控制角色）对话，直到触发推进剧情发展的关键事件。

和同桌一起玩同一款游戏，两个人一到周末就各自苦苦钻研诀窍，上学后就在课间交流技巧，这样能让进度快那么一点。

这样玩游戏，每一次打到隐藏剧情，都好像发现了新大陆一般兴奋；每一次通关，都好像经历了一段人生，恨不得泪流满面。

其实想一想，再早一点的小霸王时代，一款超级玛丽就能让人从一个暑假期盼到另一个暑假，一个俄罗斯方块的掌机就能让人消磨若干下午。

现在再也没有那种感觉了。

经典游戏手机APP（应用程序）里都有移植，但我连下都懒得下。随便一款新游戏，网上一搜就能搜出若干篇攻略。每次打到卡住的地方，不再有跟它死磕到底的兴致，总是查查攻略便轻松解决掉了难题。再不济，还可以当人民币玩家。那些曾经要刷几个月才能刷出来的装备，现在可以花钱买咯。

我好像却不再喜欢玩游戏了。

## *02*

我会羡慕旧时的情谊。

那时没有网络，没有电话，分隔的人仅仅靠书信或分别前的一句承诺维系。

听起来很脆弱，却又很美。

典故尾生抱柱里，这名被称作尾生的年轻人与恋人相约在桥下见面。尾生在桥下久等，突发大雨，河水暴涨，而因为那个约定，尾生未离开桥下半步，抱柱而死。

若是现在，只用给对方打个电话说"喂，下雨了，桥要塌了，我去街对面的饭店等你"就可以了。

还怎么成为被传颂千年的故事呢？

爱情小说里，有一个狗血又经典的桥段，常常让读者心都揪痛：两人约好某日某时在某地见面。一人赴约，苦苦等候，另一人因突发事件不能前往。于是那个等候的人，只能焦虑地等了一整夜，那个不能赴约的人，只能急躁地担心了一整夜。

现在嘛，也不过是一条短信就能解决的问题。

不会再有这样的桥段出现了。

因为我们那样容易就能联系上对方，我们变得连五分钟都不能等。和朋友约好去玩，只要到目的地没看到对方，就要迫不及待地给对方打个电话问："喂，你到哪儿啦？"

也正因为可以随时联系，守时也不见得那么重要了。

因为改变承诺的代价那样低廉，我们变得如此善变。明明约好的事，提前两小时也能打电话通知对方："喂，不好意思啊，我临时有事，就不去了。"

网络拉近了人与人之间的距离，让联系变成一件不费吹灰之力的事。不用等十几天一次往返的书信，不用担心临时改变主意对方却不知道。

好像却也让我们丢失了一些耐心和固执，变得麻木了。

### 03

我上中学时，学校里最好吃的食物就是炸鸡排了。

腌好的鸡胸肉裹上淀粉和面包屑，放在油锅里炸到金黄，再刷上辣椒、花椒、孜然粉，一口咬下去，可以满血复活再做十张卷子。

可它也是最奢侈的食物。

读书的时候真馋啊，课间饿，放学饿，连上课时也饿。

学校里的小卖部有不少零嘴，干脆面、辣条之类是最好的，便宜又多，够消磨半节课了。实在饿得不行，食堂的甜玉米、烧卖、蒸饺足以充饥。

大多数时候，我们也是在课间吃这些平民食品。

可一旦吃了小卖部的炸鸡排，就忘不掉它的味道。

干脆面、辣条、玉米、烧卖、蒸饺都失去了滋味，没有什么能跟鸡排媲美。可鸡排又那么贵，一个鸡排能顶食堂一份正儿八经荤素套餐的钱，还根本吃不饱，只能解馋。

贯穿我和我的朋友们整个高中生涯的主要矛盾，是想吃鸡排和吃不起鸡排间的矛盾。

说吃不起也不准确，只是怎么说呢，太不值了。那么多钱，换来的只是三五分钟稍纵即逝的快乐。就好比拿一个月工资去吃顶级大餐，也不是吃不起，就是这些钱明明可以干更多其他的事。

何况顶级大餐吃一次也就算了，鸡排是天天都想吃。

我和同桌，也是高中时期的好友渐渐形成了一种鸡排价值观。

每天，只要花钱，我们就会折算成鸡排。

"今天买了支超贵的水笔，够吃三个鸡排了！"

"你买那本参考书了么？贵死了，要五个鸡排啊！"

"学校凭什么让我们都买校服啊，这校服这么丑，还不如买二十个鸡排！"

那时的零花钱，除了必须的吃饭、买杂志、买文具，大概够让我每天吃一个鸡排的。而如果我选择了每天吃一个鸡排，就势必要抛弃一些其他东西，像好看的饰品，不想骑车或赶公交时打车上下学的车费。

这些都是奢侈的，我需要在鸡排和它们之间做出取舍。

我们不能每件奢侈的事都干。要是想买的饰品就能买，想打车上下学就打车上下学，想吃鸡排就吃鸡排，那就不是普通孩子的青春了。

我和好友,每天都在今天到底要不要吃鸡排的挣扎中度过。吃鸡排对我们而言,真是太诱惑了,可吃完后什么也不会留下。倘若我们能存下每天吃鸡排的钱,一两个月后或许就能买更心仪的大物件,比如那个 Mickey 的书包,比如喜欢的全套漫画。

偶尔我发表了小文章,能拿到百十块稿费。这时我就会非常豪气地对好友说:"走,请你吃鸡排,两个!"

最堕落的享受就是,一口气吃两个鸡排。

一次吃一个鸡排是远远不够的,刚把馋虫勾出来,就吃没了,只能小心翼翼地一点一点吃。而一口气吃两个,实在非常令人安心。当吃第一个时,因为知道还有第二个在等着自己,就能毫无顾忌地大快朵颐。

当时的梦想是等有钱了,要一次吃五个鸡排。

工作后,我再也没有吃到那么好吃的鸡排了。

有一次回老家,我去了学校的小卖部,鸡排还在卖。

对于有了固定收入的我而言,就算是头一百个鸡排也没什么大不了的,可我连五个也没买。我只买了两个,并且只吃完一个。我觉得它又咸又干,要不是开在学校可能早倒闭了。

当然也不排除它确实没有几年前好吃的可能。

但我想，变得更多的，应该是我吧。

我不再需要 Mickey 的书包，喜欢的漫画想买就能买，苦恼仅来源于国内鲜有正版。学生时代觉得奢侈的一切，在现今看来，都是平庸甚至廉价的。

而我始终也没找到能够像鸡排那样帮我衡量一件事物价值的替代品。

一件大衣相当于几百个鸡排，一套化妆品相当于上千个鸡排，一台车相当于几万个鸡排——这样的衡量，一点意义都没有，也并不能让我感受到那种因为买了它们就好像少吃了好几个鸡排的捶胸顿足。

那种非常非常想要某样其实并不昂贵的东西的欲望，已经没有了啊。这样简简单单，稍微跳起来一点就能够到的快乐也没有了。

## 04

可是，就算没有了非常想要某样普通事物的欲望，我也并没有比连鸡排都不能放肆吃的学生时代更快乐。

　　只要努力工作挣钱，成人后应该都能眼都不眨地买下学生时代奢望的一切。毕竟学生时代的欲望那么便宜，无非是几个鸡排，几枚 blingbling 镶了水钻的发卡，艾格的连衣裙，小熊维尼的衬衫，喜欢的明星的专辑写真，偶像的演唱会门票……

　　可它们在时光中渐次失去吸引力，即使买下，也无法带来像以往那么多的快乐。那种垂涎已久、省吃俭用、终于拥有的快乐，像是老旧房屋里蒙尘的灯光，正越来越黯淡。

　　这也算是青春遗憾的一种。

　　当我们能一口气吃五个鸡排时，我们没那么多钱。

　　当我们有了钱买一百个鸡排时，我们连一个鸡排也不想吃了。

# 人生无处
# *不狼狈*

## *01*

一名中年男子骑着一辆收废品的三轮车，它所载的纸箱板已经远远超过它的容量了。纸板堆了三米多高，呈大鹏展翅状被几根绳子固定在那名中年男子身后。中年男子埋头苦蹬脚踏，拉着这沉重的生活。

你们以为这就叫狼狈吗？

这顶多叫辛苦。

我替他捏一把汗的事终于发生了，在我站立的这个十字路口，中年男子为了赶一个绿灯，加快了速度前进。刚到马路中间，那摇摇欲坠的纸壳大山终于溃塌。而绿灯也很不给面子地在此刻变红，那男子拼命将散落一地的纸壳往三轮车里塞，可失去固定的绳子，怎么也无法摞到三米高了。

过往的车辆开始愤怒地大摁喇叭，可男子实在拿那些纸壳没辙。零下五度的寒风中，穿着厚实棉服的男子像头熊般行动不便，他的一举一动都笨拙又卖力，却收效甚微。

最后我也不知道他是怎样收场的。因为赶时间，我匆匆离开了。

在车来车往的十字路口正中，我也没好心到可以去帮他一把。包括我在内的所有路人都当着无情的看客。因他制造了交通堵塞而被卡在路口的车主更是破口大骂，恨不能冲下车将这狼狈的中年男人吊打一顿。

狼狈就是这样让人手足无措还只能独自默默面对的局面。

## *02*

你们人生里遇到过的那些狼狈的境地是怎样的呢？

手忙脚乱地挤公交，夏天天人热，汗都呼在脸上，凉鞋还正巧坏了，只能跛着走，然后一抬头看见了男神。

要赶早去参加一个很重要的面试，穿了最贵的一身衣服。

路上买了煎饼一边走一边吃，结果一下没拿稳，煎饼连油带酱全掉在衣服胸口上。

准备了很久，鼓起勇气打算向暗恋的女神表白。结果话还没说完，围观的群众还没开始鼓掌，就被女神毫不留情地当众拒绝了。

做服务行业，犯了一点小错，就被顾客指着鼻子辱骂。为了不丢工作，只能低着头默默承担这份辱骂。好像不是人一样。周围看热闹的人没一个出来帮你说话。

这些狼狈的境地好像也不是什么大风大浪，不是什么跨不过去的坎儿。可它们就是那样让人难堪。

### 03

我的朋友小新给我讲过他小时候的一件事。

七八岁时，他像个跟屁虫一样跟着院子里大自己几岁的男孩们玩。在当时的他眼里，那些哥哥们无所不知，完全就是他的偶像。

男孩们不太搭理他，但也甩不掉他，只能任由他跟着。他跟男孩们一起玩也没什么目的，只是单纯地觉得自己很厉害，能和年纪更大的男孩成为朋友。

暑假时，大家一起去城郊的水库游泳。小新其实不太会游的，但他看见其他男孩都游得那样畅快，好像这是一件天生就会根本不用学的事。为了向大家证明自己，他也一头扎进了水里。

他很快发现了自己的困境。无论他怎样挣扎、蹬腿，他都在下沉。

他不顾面子，狼狈地拍打着水面，朝男孩们求救。可那些男孩只是远远地看着他，好像在看一个笑话。

他开始意识到，他们大约不会来救自己，心里生出无比的绝望。他哭喊着，哀求着，那些男孩无动于衷。而他每一次哭喊，都吞进了更多的水。

好在水库的工作人员适时路过，救了小新，要不然小新就不会活生生地跟我讲这段经历了。

小新被救起时已经昏迷了，咳出好几口水才醒过来。等缓过劲，他才发现那群男孩子早就各自回家了。

第二天再见到他们，也没有人提起昨天的事，更没有人表达歉意，好像什么都没有发生过。

小新说，你知道吗，小孩子没轻重，对生命没概念。他们只是想看我出糗，不是因为冷漠也不是因为残忍，仅仅因为他们觉得这样有趣。

后来我学会一个词叫"孤立无援"，看到这个词的瞬间我就想起了那时的场景。虽然很多细节记不清了，但总记得晃眼的太阳下一遍又一遍将我淹没的那些水，和不远处那群男孩的笑声。

## 04

我刚读大一的一个周末，自己一个人去超市采购。采购完毕后拎着一大包日用品走出超市，一名女士叫住我，说她身后的美容院有免费美容的活动，一定要让我参加。

我还没搞清状况，就被她连推带拉地弄进去了。

进了一间小屋，我被按在床上强行清洁黑头（疼得我眼泪都要掉下来了）。美容小姐涂了一大堆东西在我脸上，然后开始向我推销。语气强硬，不容置辩。

我弱弱地问，可以……不买吗？

美容小姐一边使更大的劲戳我毛孔，一边说，你这人怎么回事的咯？不买东西你进来干吗，躺这儿干吗？

我反抗道，是你们拉我进来的……

她停下手里的动作，不耐烦地问，你买不买？

我还想再说什么，但转动眼珠看了看这四下除我之外就全是他们店员的房间，最后还是默默掏了腰包，买了一罐屁用没有的三无玩意。

虽说被坑的钱还在可以承受的范围内，但那种第一次一个人远在异乡，身边没有父母的保护，没有熟识的朋友，只能任人宰割的感觉，我怎么也忘不掉。

和小新说的一样，这就叫"孤立无援"吧。

### 05

可惜的是，大部分人生的境遇，都需要我们孤立无援地去面对，去战斗。

他人能给的帮助实在有限。

所以狼狈。

## *06*

大四那年参加实习，本以为工作单位离租的小屋没那么远，结果上班第一天早晨走路去单位花了快一个小时。

那条路线多为巷道，又没有方便搭乘的公交，当天下班后我立马决定去买辆二手自行车。

我去网上查到了一个二手自行车集散地，但是那阵正在严查，商贩都不摆出来卖了。

一个中年妇女看到我踟蹰的模样，上前问我是不是买二手车。我点点头，她让我跟她走。我也不知是吃了什么熊心豹子胆，竟跟她走了很远，拐进一处逼仄阴暗的平房区。

她让我从十几辆同样破的车里挑一辆，我挑好后她收了我两百块。送我走出平房区后，她大喊一声"城管来了"转身便跑得无影无踪。

而此刻我才发现，这辆自行车竟是坏的。

它的链条锈迹斑斑地搭在一旁，根本没法带动轮子。而推着走呢，吱嘎的响声整条街都能听见。

可我又舍不得扔。

于是我扛着它在陌生的城市上天桥下天桥，所有人都能看到一个小姑娘推着锈迹斑斑的丑陋自行车，高奏着吱嘎吱嘎的配乐，若无其事行走的画面。

根本不是若无其事。

只是为了不显得更狼狈，装作不在意，装作我能行，装作扛得住罢了。

当然，扛着自行车回出租屋的全程接近两小时，上下天桥三次，没有人来帮忙。

## 07

那时起我便知道，狼狈不仅仅是孤立无援，还是在旁人冷漠和看热闹的眼神注视中如芒在背。

他们或者嘲笑，或者同情，或者好奇。围观者存在的目的，就是为了让狼狈显得更狼狈。好像让一个身躯丑陋的人，脱光了衣服对着全世界表演跳舞，而且他并不会跳舞。

有人说，人又不是独居动物，有些事可以和伴侣一起去面对的呀。

其实，两个人一起在狂风骤雨中躲在街边啃一个馒头，只是从一个人的孤立无援变成两个人的孤立无援罢了。

狼狈就是，永远只跟正在经历狼狈的人有关。

他们像是被抛到了孤岛，那样尴尬，那样飘摇。

# 最好的
## 都只存在于想象

### *01*

我们都有过这样的经历。

买不起一个包时，觉得放在橱窗里的它是那样好看，每一枚搭扣都在熠熠发光。当我们省了三个月的钱买下它时，却发现它好像根本不值那么多钱。

想拥有一台游戏主机时，觉得它就是世界上最好玩的东西。可当终于有了合适的房间、合适的显示器，买了一台垂涎已久的游戏主机回家，却没玩几个游戏就闲置了。

想吃一家昂贵的米其林三星餐厅，每次上网查网友点评和食物照片，都羡慕得垂涎欲滴。当终于有个理由奢侈一把去吃一次，才发现那些菜品好像还没有家楼下的苍蝇馆子好吃。

不是因为我们太不容易满足。

而是世界上没有什么事物，能比我们在长久的期待中所勾勒出的那个幻象更美。

## *02*

我整个高三都在期待的一件事，就是完成高考后可以拥有一个长达三个月，且没有任何负担和压力的暑假。完美的暑假。

我从初中起，就没有过超出一个月的假期。要不就是上什么兴趣班，要不就是学校补课。高三挑灯夜战，背书背得昏天暗地时，我喜欢在一个本子上罗列暑假要做的事。

说是我的精神支柱也不为过。

要去旅行，要学吉他，要写一部小说，要看想看的书和漫画。

高考最后一科结束的铃声响起，这意味着我期待了无数日夜的完美暑假正在到来。

我放下笔虚着眼睛看监考老师把我的试卷收走，视线失去了焦点，大脑也停下了运转。

那一刻，我竟完全没有想象中要冲出考场大喊大叫的冲动，只像个充满气的皮球在一瞬间泄了气。

我记得特别清楚，我不愿白白浪费这样一个本该狂欢的夜晚，可因为跟朋友都不在一个考场，只好一个人悻悻地去商店里闲逛。最后实在没什么可买的，又不愿空手而归，挑了半天，拿着一个卷发棒回家了。

这个不甘心却又无所事事的夜晚奠定了我整个暑假的基调，到暑假结束，我也没有完成那些想象中的计划。

除了没有作业外，这个暑假和其他暑假没什么不同。甚至因为没有压力，便连动力也跟着没了。

因此我只学会了几个简单的和弦，却没学会高难度的吉他演奏；我只写了点不痛不痒无病呻吟的文字，却没有完成预计中的长篇小说；没有看几本书，嫌天气太热没有去学驾照，也没有去很多地方旅行。

三个月的时间，就在一遍又一遍地刷新网页中度过了。

如果我不曾对这个假期抱太大的期待，它还不至于这么糟糕吧。

可因为设想了太多要做的事，最后就连一件也没做好。

我虚度了光阴，浪费了人生里最好的一个假期。

当我回头，只能看见一团模糊不清的空白。

### *03*

我的朋友小柯喜欢了一个女孩整整五年。

高一起他就对那个女孩一见钟情，然后便是长达整个高中三年的暗恋。

说是暗恋也不准确，因为所有人都知道，只有那个女孩不知道罢了。甚至那个女孩也不会不知道，只是装作不知道而已。

高考后，小柯向那个女孩表白。

我们都期待他能成功，结果他只收到一张好人卡。

我们都劝他，小柯，别执着了，大学里新认识的女孩有那么多，总会喜欢上别人的。失败了的暗恋才叫青春！

他摇摇头，坚定地说，世界上不会再有比那个女孩更好的女孩了。

我们表示同意：那个女孩是很好，的的确确是一个值得付出全部去喜欢的人。可是——她不喜欢你呀。

小柯说，我会一直等的。

然后他就在我们所有人的目瞪口呆中，填了一份和那个女孩一模一样的志愿表。

我们说，你这样像狗皮膏药一样贴着人家，会被讨厌的。

小柯说，我有分寸，不会缠着她。大学那么大，我们又不同系，不一定会遇到的。

大一刚开学，女孩得了急性阑尾炎。在陌生的城市里谁也不认识，又不敢跟家里说，怕让父母担心，于是找到了小柯。

小柯二话不说，跑前跑后缴费，办手续，陪女孩做手术。

这之后，他和女孩成了朋友。

接触多了后，女孩发现小柯这个人很不错。

大二时，女孩问小柯，你还喜欢我吗？

小柯说，喜欢。

两个人在一起了。

那一天，小柯激动地绕着操场跑了五圈。他在好友群里刷屏：我终于追到女神啦！

虽然和他不在一个城市，我们都为他高兴。那么多年的单恋终于修成正果，女孩人也不错，他们一定可以长长久久吧。

却没想到仅仅三个月后，小柯跟女孩分手了。

是小柯提的。

## *04*

不是没有过这样的现象，男孩子辛辛苦苦追一个女孩，好不容易追到，却没多久就跟人家分手。

每次发生这样的事，群众都一边倒地说那个男孩是渣男。你追人就是为了玩弄他人的感情吗？追求时说的花言巧语那么好听，追到了那些誓言就变成了狗屁！

要不是跟小柯熟识，知悉他的人品，我也会觉得在这个故事里的他就是个十足的渣男。

可小柯并不是渣男。

他很痛苦，甚至怀疑自己。他问我们，为什么呢？为什么和那个女孩谈恋爱的感觉和他想象中不一样？到后来他甚至怕见到那个女孩，因为他感到她成为自己女朋友后没多久，那些在想象中百转千回的爱溃散了。他不敢面对她，也不敢耽误她，最后只好痛苦地提出了分手。

## *05*

当我们太久地想得到一样东西，我们便会在想象里将它美化。其实我们只是在为自己的执着找借口罢了。

为什么一定要那个一时买不起的东西？为什么一定是那个追不到的人？我们无从解释自己的执着，只好自我催眠，相信那些事物完美无瑕，以此作为一步步靠近它们的动力。

可是，完美只是我们强加于它们身上的想象。

期望越高，失望越大啊。

反而往往无心插柳柳成荫。

在路边随便走进的一家小店吃到了美味又便宜的食物；随便逛一逛街，却买到了好看又合身的衣服；漫无目的驱车去郊外，竟看到了意想不到的好风景。

我家每次吃炖吊子汤，爸妈都会回忆他们年轻时炖过的一锅吊子汤。那时还没有我，他们说，好友去家里做客，带了一壶烧酒。妈妈临时去市场买菜，很多摊贩都打烊了。她买到两斤剩下的吊子，回家洗干净后用绿豆炖了一锅汤。那锅汤鲜美无比，三个人喝得精光。但那以后的二十多年，每一次照着那次的配方想要炖出那样一锅汤，却再也炖不出来了。

最好的都是想象，得到的都不过如此。

太期待的都会失望，不抱希望往往有惊喜。

处心积虑想拥有的，最后都只是在和自己较劲。

## 我们是如何
## 成为傀儡的

*OI*

我小时候是个非常内向听话的乖乖女，完全不像现在这么满不在乎肆意妄为。

直到初中。

初中时我是班里的语文课代表。

有一次上公开课，语文老师提前一天打了招呼，要所有人预习课文，为第二天做好准备。

我很认真地执行了老师的嘱咐，把课文预习得滚瓜烂熟，就差会背了。

公开课开始前的课间休息，我拿出课本以及文具，整整齐齐摆放在课桌上，然后去上了个厕所。当我回来，发现课本不见了。

上课铃适时响起，我翻遍书包和抽屉，都找不到不翼而飞的课本。前来评估教学质量的领导在教室后面坐了一排，我如芒在背，低头死死盯着空空荡荡的课桌，大脑一片空白。

然而我最担心的事发生了。作为语文老师最得意的学生，他想也没想，便点我的名让我朗读课文。

我站起来，支支吾吾地回答，我的语文书不见了。

语文老师生气地看着我，他的眼神夹杂着失望。对，他明明觉得叫我朗读最保险，偏偏我给他掉了链子。他对我是那样失望。

可当着那么多人的面，他也不好说什么，只好让我坐下。但那整整一堂课，他再也没叫我回答问题，甚至都没有看我一眼。

下课后，他把我叫到办公室，让我写检查。

从办公室出来，我觉得一切都怪我，我把整堂课搞砸了。我伏在课桌上哭。

突然，坐后排的一个男同学举着课本出现在我面前。他脸上带着恶作剧的笑容，说，喏，还给你，是我没带书，趁你不在借去用啦。

我愤怒得要命，几乎不顾淑女形象，尖叫着扑上去要掐他。

他却耸耸肩说，不就是忘带一次课本吗？你们好学生还真是小题大做，这有什么大不了的。

我掐着他破口大骂，你懂个屁！你这样的人渣、败类，根本不会懂的！

他说，你没想过老师也很过分吗？你平时成绩那么好，只不过偶尔一次忘了带书，他就那样对待你。

我纠正他，不是我忘了带，是你偷走了！

好好好，就算是我的错，你只不过偶尔一次没有书，又不是什么了不起的大错，他却表现出好像对你很失望的样子。切，算什么啊，我最看不惯了。我就是故意拿走你的书，让你明白这件事。

起初我完全不理解那个男生说的话，但当他滔滔不绝地讲了一大堆后，我突然开窍了，甚至觉得他说得不无道理。对哦！我又不是故意犯错。

如果老师因为一件并非我过错的事不分青红皂白责备我，我为什么要放在心上？哪怕他因此觉得我不是好学生，也没什么大不了的。

毕竟我的人生又不由他来决定。

我也不知道是因为我的表现影响到了语文老师评优还是什么，他对我越来越不满。

一学期后，他换了另一个学生当语文课代表。

要是放在以前，我一定拿这当天大的事。我会委屈、悲愤，觉得自己受到了不公正的对待，也会自责、反省，想知道自己到底哪里做得不好。

可不知怎么，这一次，我竟一点也不在乎了。

## 02

小时候总对老师唯唯诺诺，稍微违逆他们就觉得自己犯了很大的错。我想，或许是因为老师作为一种权威的形象而存在？

他们可能大部分时间说的话都有道理，但也并不是全对。

不用事事都顺着他们的想法来。

没考到前十名没什么大不了的，没评上三好生没什么大不了的。你只要对自己负责，没有做后悔的事，何必管他们那些完美得过分的要求？

你又不是他们的木偶。

### 03

我的一个朋友跟我讲过一件事。

她说她小时候有一次不小心把整瓶墨水倒在床上了，她很害怕，试图想办法弥补，却越弄越糟，墨迹在床单上越浸越深。

她妈妈下班回家看到床单上的墨迹，气得骂了她一顿，当时她就委屈地哭了。

明明是一件不值一提的小事，她却在十几年后都记得清清楚楚。

她说，她小时候活得太辛苦了，做什么事都要先考虑会导致什么后果，会不会让父母生气。等她长大了才发现，一来她不是故意将墨水倒在床上，二来墨水倒在床上她已经很难过了。

这不是什么无法弥补的过错，可母亲愤怒的批评让她觉得自己做了一件非常糟糕的事。

现在她工作了。她并不会记恨自己的父母，但他们的教育方式始终令她耿耿于怀。

当她回家，母亲又因一些无关对错的事责备挖苦她，比如为什么这么大了还不结婚，为什么别人家的女孩子都能找个稳定的工作，就你满世界瞎跑。

她不会再觉得这些是"错误"。

她不会再听话地照做母亲所说的一切。

她只会心不在焉地听母亲抱怨，然后说句：我就愿意。之后继续我行我素。

## 04

有些父母总对孩子有很多要求。要求孩子要钢琴十级，要不投资钢琴教育的钱就白花了；要求孩子考名牌大学，否则就对不起自己辞职在家保姆般的陪读照顾；要求孩子找到完美的伴侣，不然就会害自己一把年纪还要为孩子操劳。

孩子就这样被父母安排了一生。

可当有一天，我们发现了父母那些要求很荒谬，本该温馨的亲情会不会就此消磨损耗呢？

为了不让父母失望，就要当他们理想的投影吗？拒绝听他们安排，就要陷入无休止的争吵，损失掉彼此的爱吗？

## 05

大家认识的人里都有这样的：自从他们谈了恋爱，就再也没有异性朋友了。

小鱼就是这样的人。

她的男朋友要求她不许有异性朋友，要求她如果出门要随时向他汇报行踪，要求她晚上不可以玩到九点以后回家。

自从她有了男朋友，每次我们聚会，她都会被查岗。她男朋友会问她跟谁在一起，她说了我们后，我们还要在电话里跟她男朋友确认。

听起来很可笑，简直就像变态，对不对？

我们都说小鱼，你男朋友管得太宽了，谁还没点社交啊，他那样会把你搞砸的。

小鱼说，可是我很喜欢他，他也对我很好啊。

旁观者都会觉得小鱼男朋友的要求有些过分，小鱼这个当局者却沉浸在幸福里。她觉得男朋友会对她提出那些要求是爱她的表现，因此她很听话，完全按男朋友的要求做。

大家都觉得她这个恋爱谈得很累，她却甘之如饴。

## *06*

我们都曾因为爱迷失自己。因为爱一个人，便完全忘记了自己的独立、需求，只是削足适履地变成他喜欢的样子，等回过神，只剩满身的血淋淋。

爱不应该这样。

可爱上以后，情感往往超越了我们的理智。我们常常委曲求全满足对方不合理的要求。最后还被对方看低，因为对方觉得你太卑微了。

不用太听话，不用太懂事，才是好的爱情。

## *07*

所以，我们到底为什么会变成听话的傀儡？

　　因为爱。因为爱一个人，所以他说什么我们都愿意照做。因为怕不照做会失去。

　　因为在乎。在乎他人对自己的评价，不愿让那些对自己寄予厚望的人失望。所以拼尽全力活成他们想象中的样子。

　　因为相信。相信一些权威的身份，被对方的身份压制住，失去了自己的判断，总觉得权威的人说什么都对。

　　因此我们往往成为了最爱、最在乎、最相信的人的傀儡。

　　我们也打着爱的名号，试图去操纵和控制他人。

　　明明爱、在乎、相信，这些元素的存在都应该让两个人之间建立起最好的关系。可偏偏是它们，让我们在一段关系里丢失了自己。

第三辑

" 生活里总有很多无奈 "

## 要是没有拖延症
## 我的拖延症早好了

### *01*

我有很多想做但没做的事。总觉得时间还很长，可以慢慢来。不受什么刺激的话，我大概连开始做某件事的那个时间点都找不到。

比如写稿吧。都说截稿日是第一生产力，要是没有明确的截稿日，我可能永远也写不完一本书。

比如学习吧。考试变成了第一生产力，如果不考试，我可能永远学不完一门课。

网上有个统计，大学里整个学期的学习效率都无限趋近于0，而到了考试前一天，学习效率趋近于无限。整个学期下来，论文都只写了几百字，而到了要交论文的前一天，字数可以直线飙升到一万。

这个现象放在工作中同样适用。

平时我总是优哉游哉，刷刷微博刷刷朋友圈，读读小说，看看电视剧。而每每到了死线的前一天，我就火力全开苦苦挣扎，对着 Word 双手翻飞，从早到晚。赶工赶得头晕眼花时，不禁捶胸顿足地幻想：要是每天都能达到现在的效率，那我一定早就著作等身啦!

可惜，这个世界上有种症状叫"拖延症"。

死线一过，"勤奋"很快便被我抛到九霄云外了。

## 02

前阵子我去医院检查眼睛，没想到医生看了看说："去做个脑部 CT 吧。"

"啊？"我怀疑自己听错了。

"你这个症状有可能是颅内长了肿块压迫视神经引起的。"

"啊？没这么严重吧……"

医生看了我一眼，一副"我有证据"的样子："上次还有个病人，症状没你这么明显，结果查出来鼻咽癌。"

"不、不至于吧？"我盯着医生的脸，希望听到她告诉我这种概率很低，无须担心。但她没什么表情。

拜托，嘴里吐出晴天霹雳的时候，能带有一点悲悯之心吗？

"好了，单子已经给你开好了，照了 CT 再说。下一个。"

我只是去看个眼科，而且也并不是什么影响生活的严重症状，仅仅想问下医生怎么回事，用不用重新配眼镜，却毫无防备地在一系列眼部检查完毕后发生了以上对话。

作为一个每次体检除了近视各项指标全优、每天早睡早起、按时吃三餐、不抽烟不喝酒的健康青年，突然说我有可能长了脑瘤或者是什么乱七八糟的癌，一开始的感觉是"不可能我不信我不听"，然后马上联想到"不经意的奇怪小症状极有可能是癌变"这种论调，瞬间吓得心脏一坠，双腿一软。

对哦，平时做的常规体检又不会检查颅内，不知什么时候长了也说不定。

我摇摇晃晃走出诊室，坐在候诊区的椅子上，用手机上网查自己的症状，网页上写着"出现该症状如无外伤史，需警惕脑干的血管病、炎症、肿瘤"。

原来并不是医生在危言耸听。

我捏着手机坐在椅子上哭了。

我才不管其他人奇怪的眼神和指指点点，本宝宝有可能长脑瘤了，要死了好吗!

可是在悲伤和惊惧之后，一种更奇怪的感觉上来了。那种感觉就好像是打了鸡血，一条最终极的"死线"朝我压来，于是我产生了终极的勤奋。

我开始迅速规划自己需要做的事。

拍完 CT 后，我回到家，在手账上列出一份详细的清单。关于要去什么地方旅行，关于还要写些什么内容的小说。我甚至打开 Word 就开始写起新小说的大纲，不到两小时就写了几千字。

后面的事你们也知道了。如果我真的得了什么严重的病，就不会轻松地写下以上文字了。

第二天去取 CT 报告，证实一切都是虚惊一场。

得知检查结果的瞬间，我觉得北京充斥着雾霾的空气都清新起来，浑身紧绷的弦也松懈了。昨天还满盈的激情和正能量，随着抛诸脑后的紧张感一起烟消云散。

那个刺激之下写出的新小说大纲，到现在我也没再打开过。

## *03*

有一次出去旅游，在回程的飞机上遇到了很强的气流。

飞机颠簸不定，甚至数次失重下坠，机舱里简直死一般寂静，所有乘客大气都不敢喘一口。

空姐隔三岔五地播报：各位旅客好，颠簸将持续一段时间，请大家坐在座椅上，系好安全带，不要随意走动。

直到颠簸加剧，空姐再一次说"各位旅客好……"时，一个低低的男声打断了她说：大家好，我是机长……

当时的感觉就是心里哐当一下，想着完了完了。

机长说，气流很强，并且会持续相当长一段时间，让大家少安毋躁。

在我听来，这句话并不具有安慰效果，而像是某种不好的预兆。

紧张之余，更多的是遗憾。

遗憾自己以前为什么浪费了那么多时间，为什么还有那么多想做的事没有做完。我发自内心地感慨，想做的事一定要抓紧做，因为我们不知道死亡会在何时降临。并下定决心，这次如果能平安落地，一定珍惜时光，不再浪费一分一秒。

这种决心，在飞机刚平安落地的那一秒就被我忘掉了。

## 04

人真是一种不见棺材不掉泪的动物。

太多太多遥远的事，我们总因"早着呢"拖延着。

而太多太多错过的事，我们总因"来不及"后悔着。

我们都知道自己迟早有一天会死，可那又怎样？只要这把达摩克利斯之剑没有明确地悬在头上，我们就总认为还有大把时间可以挥霍。

没办法，谁让懒是人类的天性呢？勤奋就是和天性对抗，那些有毅力对抗下去的人才会成为人生赢家。

而大部分人，都无法抗拒天性使然的拖延，只能得过且过地生活。

　　我们永远要么就是"早着呢"，要么已经"来不及"。

# 成年人
## 没有愤怒的权利

*oi*

"你不应该吸烟，有害健康。"你苦口婆心地劝男友。

"吸烟怎么了？"他满不在乎地回答。

"跟你说多少次了，吸烟喝酒都不好，戒了不行吗？"

"你管得真宽。"他不耐烦地说。

"每天玩游戏，能不能出去找工作啊？"你对着肆业在家不思上进的男友说。

"靠，差点被对手秒了。能不能别打扰我，没看我正忙着呢吗？"他盯着屏幕，双手的手指飞速翻动。

"要玩也可以，但总该有点节制吧，从早玩到晚怎么行？"

"你唠叨死了。"

你想起中学时，有一次上课被老师冤枉，被骂了难听的话。你站起身和老师抗争，指出他不该那样骂你。老师不仅没有道歉，还告诉了你父母。

回到家，你以为这次父母会站在你这边，结果父母责备了你一番，还说："你在学校怎么能不听老师的话呢？"

"老师就全对吗，他叫我去死我也要听话去死吗？"

"你这孩子说话怎么这么难听？在学校不收敛点，别人还以为我没把你教育好呢。"

"好啊，原来你想的就是你那点面子。"

说是青春期的叛逆也好，冲动也好，受了委屈，反正可以逃掉。那一次你一扭头，背着书包跑出门，离家出走了。

哪怕是现在，看着眼前这个不争气的男友，你也有一道最后通牒可以使用。你收拾好自己的东西，拖着行李箱走了。出门时冷冷地对他说了句："分手吧。"

## *02*

很多过来人教我们，在恋爱里最忌讳用"分手"做要挟对方的筹码。

可有时我们真的太生气了。我们知道自己是对的，对方却不把我们的话当一回事。无论我们怎么表达自己的想法，都无法引起对方的重视。

我们说分手，只是想让对方好好考虑我们说的话。就算是最坏的结果，真的分了也认了，毕竟对方让我们非常失望了。

小时候的离家出走也是如此。本意只是想让父母焦急一番，想让他们反思自己的错误，想让他们从高高在上的家长之位走下来，好好正视我们的想法。

因为无论我们如何用言语表述自己的委屈，也不如一次离家出走来得痛快。而当他们焦急地寻找我们，哪怕找到后将我们暴打一顿，我们也知道是自己赢了。因为我们已经用行动告诉他们，不尊重我们的后果是什么。

不同的是，小时候的我们并不是真的铁了心再也不回家。

我们有勇气说走就走，是因为我们相信，父母是这个世界上为数不多真正会马不停蹄地寻找我们的人。

而当我们说分手，哪怕心里有些不舍，也已经做好了真的分手这样最坏的打算。

*03*

小时候真自由啊。

在生活里受到委屈，可以撒泼打滚，可以号啕大哭，再不行，离家出走就可以了。

因为那时的我们可以做很多不计后果的事。也因为我们潜意识里始终知道，我们再胡闹也总会被原谅；出走的那个地方，永远会等着我们回来。

当我们长大一点，即使顾虑多了很多，只要拥有当断则断的勇气，知道狠心抛下的一些东西并不值得留恋与惋惜，也可以甩下一句分手转身就走。

但随着我们越长越大，甚至不再年轻，表达愤怒所需付出的代价也将越来越大。

我意识到，终有一天，无论我们多么委屈、愤怒，我们也没什么办法可用了。

## 04

工作后，遇到的委屈和愤怒比读书时多十倍。

按照客户要求加班加点赶出来的方案，正要送给客户，突然接到他们的电话：啊，不好意思，我突然有了个新想法，不如重新做一个方案。你想挂了电话骂娘，却还是克制住心中的怒气，礼貌地听对方把并不怎么高明的新想法说完。

和同事明明同一时间进公司，工作能力比他出色，很多时候他搞不定的事，还是你在后面帮忙。结果因为他会拍领导马屁，居然比你先升职加薪了。

被上司咸猪手，你完全没错，却根本没有能力和上司对抗，只能要么默默忍受，要么卷铺盖走人。

有时工作是我们赚钱立命的根本，丢了一份工作，可能会很长时间没有收入。而大多数普通职员，其实也没什么长于他人的技术，贸然辞职很难再找到下一份工作。

不是每个人都有工作得不爽就怒而辞职的资本和底气。当你没有这样的资本和底气，在工作中遇到那些让你愤怒的事，你只能硬着头皮继续面对。

发飙的代价，可能是几个月没有工作也没有钱，而家里还有年迈的父母等着你赡养。再往后等有了孩子，更没法随心所欲地辞职了。

所以人会有中年危机，因为中年的人生就像一场旋涡，将你拉入，却无法逃脱。

*05*

我自认为还算是有底气的人。

之前的一份工作做得不顺心，干脆就辞了，在家自由写作，宁肯喝西北风也不愿看老板脸色。

在恋爱中我也骄傲得要命，和男友吵架，总贪图一时赌气痛快，焚毁自己烧伤他人，哪怕后悔得天天哭也绝不低头。

我这样一个人，前一年离开老家，到另一个城市结了婚。

也不是原则性的问题，就是日常生活中难免的磕磕绊绊。

有时我会被老公气得肝都爆了。语言无法表达我的愤怒，哭泣也不能。好几次吵架，我都想拿点钱一走了之，去酒店住几天。

但最后，我一次都没有这么干过。

毕竟不是小孩，也不是二十岁出头的热血青年了。

去酒店住几天又怎么样，等老公找来甜言蜜语把我哄回去吗？如果他不来，就冷战到离婚吗？可仔细想想，吵架的原因也不是什么大事。何况闹那么大，家里父母问起怎么解释？亲戚看热闹看笑话怎么自处？

所以吵架之后，最终也没办法逃走。无论火有多大，都只能坐在家里离他最远的一个角落，自己默默生气。

## 06

人没办法总是一不如意就闹得天翻地覆，好像自己是世界的中心一样。

离家出走，跟父母断绝关系，和恋人分手，掀桌子辞职，闹起来时是痛快，可我们越来越承受不了它们带来的后果。

毕竟世界总是原谅小孩子，却不太原谅成年人。那些举动都太幼稚了。

愤怒是不对的，不会控制情绪的人等于情商低、不成熟。

我们再也没有向这个世界表达愤怒的核武器。再生气又能怎样？只能用最普通的办法，提高音量吵两句嘴，或者干脆往肚里吞。一点都不过瘾，却也没有别的办法了。

我们逃离不了这样的生活，只能自己去消解愤怒，继续面对循环往复的一日又一日。

# 拉低档次的
# 竞争者

*01*

我刚到北京找工作时遇到一件难忘的事。

去应聘的那家公司不大，成立没几年，但工作内容是我喜欢的。

面试聊了后双方都觉得不错，可惜有一点让我有些犹豫，即这个行业常常需要加班。他们知道我的犹豫后，开出了更高的月薪，说还是希望我去。

考虑几天后我接受了，谁没事儿跟钱过不去嘛，我在心里做好了辛苦一阵子多挣点钱的准备。

他们说人事第二天就给我发 offer，结果第二天我接到他们的电话，说对不起没办法录用我了，选择了另一个人。

当时我平静地回答，哦，那好的，谢谢，再见。

其实我还蛮受打击的，因为去面试的上一家公司也在这种最后一关的二选一中放弃了我。

当时是因为竞争对手非常优秀，我输得心服口服。但这一次谈得好好的，本来都要发 offer 了，为什么还会出现这种出尔反尔的变数呢？

我心里没法像在电话里故作的那样平静，纠结了半天，最终放下了面子，决定给面试我的上司打个电话问清楚。

"喂？嗯，您好。呃，我刚才接到人事电话，说招了另一个人，为什么啊……"

对方的回答让我目瞪口呆——

"哦，你是问那个人啊。那个人说月薪两千块就够了。"

我简直怀疑自己打错公司的电话了。

两千块和许诺我的月薪完全不在一个数量级。而且，两千块能生存下去吗？这可是在帝都！简直是廉价出卖劳动力嘛。

虽然看不见，但我总觉得对方脸上此刻一定浮现出了讽刺的笑容。他徐徐解释："是这样的，那个人虽然毫无经验，也没什么能力，但他说只要能招他进公司，什么苦都肯吃，加班什么的完全不是问题，从实习做起，只发他两千块的实习工资都可以。这么说吧，肯吃苦也是这个岗位需要的素质之一啊，他很好地具备了。"

我还能再说什么，只能重新高冷起来："哦，是这样啊。我知道了。再见。"

### *02*

小时候只知道，一场角力中更强的那一个人会赢。可越来越发现，事实并不是这样。

有时，把自己姿态放低到没有底线的那个人才会赢。

虽然不甘心，不服气，可世界上就有人扰乱竞争规则。

好比一件商品进价二十，你卖二十一觉得已经到了极限，却冒出一个竞争对手只卖十块。会亏又怎么样，他不在乎啊，就是想引来顾客而已。

根本没法跟这种人比。

*03*

　　我的朋友小蛰就在恋爱中输给了一个低姿态得要命的女孩。

　　小蛰和男友大学时就在一起了，毕业两年，工作差不多稳定下来，两家人开始商量结婚的事。

　　这时，男友公司里冒出一个追求他的实习生。

　　小蛰不是故意看到那些微信信息的。男友把手机放在书桌上去洗澡了，提示音响起，小蛰瞥了一眼，看见信息里说："明天早餐想吃什么？我做给你。"

　　她问男友怎么回事。男友不以为意地说："哦，她啊，公司一个实习生。"

　　"她喜欢你吧？"

　　"所有同事都知道我快结婚了啊。"

　　"那她还说什么做早餐？"

　　"管她呢，不回了。"男友当着小蛰的面删掉了那些微信。

　　在男友明确表示自己已经有未婚妻的情况下，那个实习生丝毫不退缩。

不管男友回不回她信息，她每天都把亲手做的早饭装在精致的便当盒里，摆在男友办公桌上。

男友让她别做了，她可怜兮兮地眨着眼睛说："我知道你不会喜欢我，但我们也是朋友吧。我早上做早饭顺手做了两份，你吃吧，没关系的。"

公司年终聚餐，实习生故意喝得醉醺醺的，挂在男友身上："我胃好疼哦，你能送我回家吗？"

大半夜发信息到男友手机上："我真的很喜欢你啊。"

小蛰的男友不是富二代，只是一个技术型职员，薪水不错，但绝对算不上什么高薪的精英。

实习生不是看上他的钱。不为钱也不为利，可能这个女孩就是天生缺爱吧，觉得自己所做的一切都是为了至高无上的真爱。

这样的女孩最难对付了。她们什么都愿意付出，还总认为自己才是无辜的受害者。

小蛰有些麻毛。虽然男友一再保证不会搭理这个实习生，可因为是同事，总归有工作上的接触，又不能把对方拉黑。

恰巧这时两家在商讨结婚的细节上出现了一些矛盾。

不欢而散后，男友居然没有努力想办法弥补长辈之间的嫌隙。两家的矛盾越来越深，最后，小蛰无奈地和他分手了。

没多久，一个陌生的女孩在微博上给小蛰发私信。私信里是她和小蛰男友，不对，是和小蛰前男友的亲昵合影照片。

女孩像宣誓主权一样给小蛰留言说："我会好好照顾他的。"

小蛰翻看了女孩的微博，才反应过来，这不就是那个实习生吗？

她气不打一处来，真是瞎了眼，一想起曾经和那样一个男生相爱，好像连自己都变得便宜了。

一向平和的她回复了一句："祝你永远都能像老妈子一样照顾好他吧，祝你们白头偕老相爱到死。"然后拉黑了前男友和实习生。

## 04

不是我们输不起，而是这样的输赢太难看了，甚至因为输给一个那样没有底线的竞争对手，我们不得不连自己过往的努力也否决掉。

为什么会看上一家愿意招廉价劳工的公司？为什么会爱上一个那么容易就被勾走的男生？莫非我们档次也这么低？

真是吃了亏都没办法说出来。

唯一能做的只有装作大度和不在意的样子退出，以显示自己并不屑于这样的竞争。

可是多多少少，心里还是好不爽啊。

## *好好走路踩到屎*
## *怎么办*

*01*

总有很多没处说理的事，自认倒霉太不甘，理论到底又太费时。

好比开开心心走在路上，却一脚踩到一坨屎。我们不可能再化时间去找屎的主人理论，可踩到它总归不爽得要命。

最后我们能怎么办？

基本上不能怎么办。

*02*

这类无奈的事，我们从小就不断遇到，每个人都早就身经百战了。

小时候，最心爱的玩具被父母送给别人家的熊孩子。放学回家发现玩具没了，大人说，哭什么哭，不就是一个玩具吗？

无论我们说什么，那些不讲理的大人也不明白一个玩具对我们的意义。

考试时，同桌抄你的答案，却得了比你高的分数。

老师把你叫去办公室，说你抄了同桌。你据理力争，说是他抄的你。老师却反问，那他怎么分数还比你高？

到了大学住宿舍，居然看到马加爵的新闻。近几年也有几起因相处不愉快就给室友投毒的案例。

敢情我们活这么大，还要感谢室友的不杀之恩？

**03**

大学时，我的朋友小桥被班里一个叫小彬的男生表白，她礼貌地拒绝了。

没想到在大四的毕业聚餐上，喝多了酒的男生们围到小桥身边，替她打抱不平地说，听说你一直喜欢小彬，对吧？他拒绝了你那么多次，太……太不仗义了……这就要毕业了，我们让他给你个准话，到底喜不喜欢你……

小桥惊得要跳起来。

她去看小彬，小彬一脸无辜地靠在座椅上，好像并不为自己的谎言被拆穿而难堪。

她对那群嬉皮笑脸的男生吼：靠，谁说我喜欢他了啊！

别……别不好意思嘛，反正以后……各奔东西，再也见不到了……男生们嘴里冒着酒味。

我拉着小桥拨开他们，生气地走了。


第二天，等男生们酒醒得差不多，小桥找了个关系还行的男生问，小彬怎么跟你们说的？

就说你一直在追他啊。

小桥扶额，是他追我，我拒绝了啊。

是吗？可他一直跟我们说你偷偷跟他表白了，但不想让别人知道，所以让我们也别问你。

小桥要吐血了。可是能怎么办呢，这种事总不能写个声明张贴，也不可能挨个找每位同学解释。

只能翻个白眼，就当吞了只苍蝇。

## 04

我父母在医院工作，医患关系紧张的今天，医生基本可以算得上最有理无处说的职业了。

急诊的大夫正给病人看着病，一个壮汉推门而入："我老婆都那样了，你能不能先给我老婆看？！"

大夫按章程回答："来急诊的病人都很急，请理解一下，按排号来。"

壮汉大怒，一拳头揍在大夫脸上："见死不救，你配当大夫吗！"

虽然壮汉被赶来的保安架走了，但大夫脸上挨那一拳怎么办？当然不可能还回去，挨了就白挨了呗。

事后壮汉再联系当地媒体发篇通稿——"医生拖延，病人错过最佳抢救时机。"好端端的，又一波对医生的口诛笔伐汹涌而来。

近来不乏这样的案例。

一名患者本身是肾萎缩，却跟媒体说在医院做完手术后肾没了。媒体不经调查便报道，误导大众以为医生在手术中偷走了患者的肾。

医生按医疗标准治疗病人，无奈回天乏术，病人依旧去世。家属无法接受，整天在医院闹事。院方为了维持医院秩序，只能赔钱了事。

一位德高望重的牙医，突然被二十五年前医治过的一名病人以烤瓷牙坏了为由，疯砍几十刀，最后抢救无效去世。

明明没有错，却被误解，只能赔钱息事宁人，甚至付出生命。

并不是每件事都能讲道理，有时就是飞来横祸。

也不是每个人都能讲道理。正常人和变态讲道理，变态却只要捅你几刀就赢了。

## 05

任何行业都是如此。

飞机上，乘客提出奇怪且无理的要求，乘务员无法满足他，只能一遍遍向他解释，却换来一纸怒气冲天的投诉。

在航空公司"顾客就是上帝"的理念下，无辜的乘务员反而受到处罚，无理取闹的乘客却得到赔偿。

哪怕所有人都知道乘务员没有错，航空公司却在不想事情闹大的龟缩思想下，选择了最省事也最窝囊的解决方式。

小姑娘大学毕业，好不容易找到满意的工作。正打算大展宏图，却发现直系上司是个咸猪手。

小姑娘没有任何筹码与咸猪手对抗，明明不是自己的错，最后却只能放弃岗位，辞职走人，说不定还会被同事说闲话。

做了无数个设计稿，方案改了一遍又一遍，累到崩溃。

最后甲方说，还是第一稿好。

## *06*

总有人说可怜之人必有可恨之处，苍蝇不叮无缝的蛋。被人误解，一定是因为你做了什么让人误解的事。走路踩到屎，是因为你自己不看路嘛。

那被街边冲出来的变态杀人狂砍了几刀，是因为我惹他咯？

遇到这样的人和事，我们通常没有一点点防备。开开心心哼着歌走在路上，被不知哪儿蹿出来的疯狗咬一口，怪自己咯？

又有人说，干吗跟疯狗一般见识。只要问心无愧，何必理会那些泼粪的小人？

可我们不是圣人，总归会生气、恼怒、委屈。并不是我们不理会，就可以当作这种事没发生过。伤害已经造成了，踩到屎的鞋子怎么洗也无法复原，被狗咬的地方会痛。

沮丧的是，我们根本没错，却要承担他人的错误。

然而，踩到屎总不能生气再踩它一脚，被狗咬了也不可能反咬狗一口。

光是按部就班地生活就已经够让我们竭尽全力的了，却还有那么多难以躲避的伤人暗箭。看不见摸不着，连预防都没法预防，中招了也不知找谁负责。

只能自求多福，但愿能少遇到一些这样的事。

但遇到了怎么办?

任何追究、计较下去的行为，都只会让我们损失更多。咽下这口气，自认倒霉，及时止损，可能才是最好的办法吧。

人生真是艰难。

# 为什么不愁吃穿的我们
# 仍然很穷

## 01

手机闹铃响起，小伦翻身过去伸手够手机。他的手机是刚托朋友从美国代购回来、全球第一批上市的最新款 iPhone 。

他赖在床上，把 iPhone 举到眼前开始刷朋友圈。半小时后，终于看完朋友们昨天半夜里发的牢骚，依依不舍地起床。洗漱，换上正装，出门。

单位的班车准时出现在单身宿舍楼下。他和其他青年一样一步一步挪上车，每一个人都是无精打采的样子。这些人中有几个是面熟的，互相点头打了个招呼。

班车启动后，他掏出掌机玩起来，是新出的游戏。

一小时后班车抵达单位。打卡后，他去食堂领了一份免费职工早餐——一碗粥，一个鸡蛋，一个包子。不怎么好吃，但反正不要钱。

工作第一年，终于真切体会到那些细碎的花钱之处，开始能省则省。不过，最新款的电子产品不能省。手机、掌机、主机，一样都不能少。

哪怕买了以后身上分文不剩，还要靠父母救济才能勉强度日，他依然坚定地认为买那些电子产品的钱是自己挣来的，算不上奢侈浪费。

他吃完食之无味的早餐，在心中叹了口气："真穷啊。"


小伦坐在办公桌前打开电脑，开始刷微博。

今年毕业后他进了一家效益不错的国企，在二线省会城市。工作比较清闲，大部分时间消磨在对着电脑刷微博上。单位提供单身宿舍，管三餐，上下班有专用班车接送。一个月的工资扣掉五险一金拿到手只有两千八。奖金一个季度发一次。

单位的网络屏蔽了一切视频和游戏链接，所以除了刷微博以外，小伦在上班时间无事可做。也不太方便玩手机。后来他琢磨着，可以下载一些小说存在硬盘里，上班时就读小说。

他差不多每隔十几分钟就要看一次时间，当然，不会错过下午三点整这个时刻——这是他该打电话给远在伦敦的女朋友叫她起床的时刻。

他拨通那一长串熟悉的号码。电话那头传来女朋友没睡醒的声音。他哄了一会儿，听女朋友的声音清醒了，才回到办公室。

虽然有FaceTime，但常常网络不怎么好，他嫌断断续续的视频通话太麻烦了，总是图省事直接打电话。他每个月的电话费在五百块左右。

终于挨到下班。同事约他去吃自助烤肉，一百二十八块钱一个人，对于整天吃食堂的年轻人来说，一周有那么两三次出去解解馋不算坏事。小伦想了想，还是推掉了。

这个月拿了工资后，就用工资连同上两个月存下的钱换了手机。本以为很快能拿到季度奖，就没留什么钱，哪知季度奖的核算比想象中滞后，到现在都没发下来。他已经近乎身无分文，还是安安分分去吃食堂吧。

他琢磨着，新游戏要出了，应该换台配置更高的电脑，最好是"外星人"。

## *02*

上午九点，小安刚醒。醒来意味着——"噩梦又开始了"。

刚工作不出几个月，她已俨然一副女强人的样子。穿上性感又干练的套装，戴美瞳，打粉底，画眼线，涂睫毛膏。

发型不太令人满意，下午要见的客户不容怠慢，她打算出门先去一趟理发店。

找到工作时，她花了五千多块钱买衣服，她说这叫"舍不得孩子套不着狼"；不喜欢合租，于是独自租下一套精装修的开间，按押一付三交掉房租后，虽有家里支援，银行卡里也一度只剩下几十块。

从理发店出来，小安花了五十块打车去了待会儿要和客户见面的地点。本来可以花几块钱坐地铁的，但她怕地铁太拥挤，使她的形象受损。

时间还早，得吃点儿东西，但又不方便正经吃饭，会让妆花掉。于是她去附近的星巴克买了一杯咖啡和一份糕点，又花掉五十多块，却没有吃饱。

她在一家新兴的影视公司做市场。本科刚毕业，没工作经验，月薪是税前六千。在北京这个城市，交掉房租，除去日常开销，分文不剩，家里倒贴。

但影视公司的老板一直许诺，等这个项目上映赚了钱，每个相关工作人员都能拿一笔非常丰厚的奖金。

虽然现在项目刚启动，上映还是八字没一撇的事，不过小安好像已经看到了几亿的票房，盘算着自己大概能一下拿到好几万甚至好几十万的奖金。

她总觉得，现在是苦点，但自己一定会一下子富起来的。至于那些昂贵的衣服、化妆品，那些大手大脚的日常开销……做影视行业就这样咯，总不能太寒酸让合作方笑话啊。

### *03*

不管挣多少钱，大部分刚开始自食其力的年轻人都觉得自己穷死了。

而他们总有种幻觉，就是自动忽略了家里的接济，自我感觉良好，好像自己已经完完全全独立了。

刚毕业时，我的工资也不高。同事里有个年纪和我相仿的女孩子，我们成为了很好的朋友。因为工资差不多，我们常在一起抱怨没到月底就见底的银行卡。

可我们说的这种穷，并非是填不饱肚子穿不暖衣服。

它往往来源于心太大，欲望太多。

可是，这也怪不了我们啊。

我们的穷，来源于时代际遇。

这年头，有靠自己存钱十年都买不起的房子，有总也无法停止更新的电子产品，有总推出新款式的品牌服装，有总也让人吃不腻的美食……世界灯红酒绿，可以花钱的地方那么多，谁能忍住？

我们的穷，来源于安全感的缺失。

这年头，一进医院就能让一个月的工资白挣，买个房可以让父母一辈子的存款白存……父母渐渐老去，大部分都是独生子女的我们，以后要如何才能担负起养老的责任？

我们的穷，来源于无声的攀比。

网络上，其他人不经意晒出的一个包像是一枚亮闪闪的勋章，为了拥有那些能令自己更自信的勋章，不得不毫无计划地把那点儿可怜巴巴的工资一次性花光，谁去管这个月剩下的几周靠什么度日？

我们根本无法思考以后，就算思考也想不出什么所以然。

或许只有在挥霍的时候，我们才找得到一点儿不那么卑微的存在感。之后，便又陷入困苦的"半月光"之下半月。

如此周而复始，看不到何时是个尽头。

大概只有中个五百万能改善一点吧。

# 长得丑
## 就是一种缺点啊

*01*

长得丑怎么了？天生的，我也没办法。

她不就是比我长得好看吗，算我看错你这个人了。

同样的条件，为什么录取她不录取我？对这个看脸的世界绝望了！

人生太不公平了，只要是美女，不管做什么都有好多人帮忙。凭什么呀？

……

以上种种抱怨，常常从不太好看的人嘴里听到吧。

长得丑，和笨，和家里穷一样，都是与生俱来就不如他人的地方。可是，笨总还可以通过努力去弥补，家里穷也可以靠自己多挣钱改善一点点。只有丑，那么一目了然，那么一览无余，让人连掩饰的机会都没有，成为最让人敏感的一个缺陷。

也是最让人不服的一个缺陷。

你总觉得，每一个短处，只要冠以"天生的"这个借口，就不能被裁判当作判定你输的理由，否则就是歧视。可人生好比抓了一手牌，丑是其中顶烂的一张，为什么我们不想办法尽量不让这张烂牌拖后腿，而要愤愤不平地抱怨连连？

再抱怨也改变不了什么。

烂牌之间并无分别，无论是笨，是穷，还是丑，烂牌，它就是烂啊。

我们能做的，只有别让它再带坏我们的人生，别再滋生出性格差、脾气坏、小心眼这些毛病。

比起死不承认，不如坦然面对，不是吗？

## 02

长得丑的确很辛酸，这个道理谁都懂，只是很少有人能感同身受。

因为丑的人难以让他人产生同情。

多少公益广告，意图唤醒众人对某个弱势群体的关注，却还是找一个五官清秀的人为该群体代言。

我们形容一个人长得楚楚可怜、天可怜见，却不会形容一个人丑得让人疼爱。

这是我们基因里携带的无法改变的印记。

大家读书时，班里好事的男生除了评选班花外，总会评选"班丑"吧？

反正我上学时是这样。

小学时，一开始大家还没有审美观，只是本能地爱和好看的同学玩，因此长得好看的小朋友人缘总是特别好。可从三四年级开始，大家好像立刻明白了什么是"美"和"丑"。

于是班里最丑的小蒿，顿时感受到了来自孩童世界本性里的恶意。

男生对她羞辱、嘲弄，女生也并不会帮助小蒿讨伐男生，而是在庆幸"还好我没那么丑""她果然丑死了""我才不要和她一样"。

于是小蒿成了全班孤立、戏弄的对象。

调座位如果谁被调到与她当同桌，班里就会响起心照不宣的哄笑；她如果穿裙子来上学，大家会说，你这么丑还穿裙子要不要脸？她无论是戴个新发卡还是穿件颜色鲜艳的衣服，都会引来注目……

反正，丑是错的。

为了不这么丑再打扮一下就更错了。

后来小蒿就一直穿灰扑扑的衣服。我现在已经记不清她的相貌，但永远记得她灰扑扑坐在角落的样子。

## *03*

让人绝望的是，九岁十岁的我们并非出于故意把小蒿逼成那样，而是厌恶丑陋的天性使然。

即使是成人世界里，也根本没人会因为有教养而觉得一个人不丑，只不过会抑制对丑的厌恶，礼貌地表示友好罢了。

孩子在父母眼里从来都是公主王子，在父母的宠爱下，他们的确会以为自己真的是公主王子。

　　直到有一天，他们进入了社会，身边的小孩都觉醒了，人和人之间有了美丑之分，那些丑小孩才会发现，自己根本不是公主或者王子，自己只是一个丑到没朋友的人。

　　这样的成长经历，真的很难不心理扭曲。因为丑而心理扭曲，再因为心理扭曲而更丑，掉入一个恶性循环，最后成为了"丑人多作怪"这句古话的例证。

## *04*

　　长得丑有错吗？

　　当然没错，这是谁也无法选择的。

　　可不管服不服，长得丑的确是一个短处。

　　为什么我们大多数人能接受在其他方面比别人差，而一旦长相输给他人，就满腹委屈？

　　俗话说人丑就要多读书。可多读书之后呢？最后面试，偏偏录取了那个读书不如自己多却长得好看的人。再委屈又怎样，若你是面试官，只要两者能力相差不算太远，也愿意录取更好看的那个吧？

必须认清这样一个现实，若一个长得丑的人没什么独一无二的技能，又并不以绝对性的优势比别人优秀很多，是很难在竞争中脱颖而出的。

这无关公不公平，只是人之常情。

能怎么办？拼尽全力让自己的其他方面能弥补上长相所拖的后腿。

长得丑真的是件很辛苦的事。

不能抱怨，不能小心眼，委屈也要吞进肚里。必须时时刻刻保持乐观开朗，懂得适时自嘲，方能获得他人一句称赞：

"他虽然丑了点，不过性格还不错。"

不能穿招摇的衣服，不能画浓重的妆容。只能把自己收拾得低调干净，注意形象，方能获得他人一点好感：

"他五官长得不怎么样，但整体看起来还挺有气质的。"

不能好吃懒做，不能用尖酸刻薄回应这个世界的天然恶意。要乐于助人、善解人意，方能被他人理解：

"他丑是丑，好在是个善良的人。"

而一旦遇到那些相貌出众、家境良好，自己也聪明慧智的人，该怎么自处？

　　只能发自内心地骂一句：妈的上天造人时能公平点别偷懒吗？

第四辑

社交冷漠症患者的焦虑

# 有些关系靠钱维系
# 比较容易

## *01*

小湛读了一所艺术院校，学的是幕后相关的专业。

比较让她苦恼的是几个大小姐朋友的生日。

中学时，她和几个朋友家庭条件、消费观念都比较相近，一起吃饭，去的是价位都能接受的馆子；周末约着一起逛个街，也不用担心去的商场档次太低或档次太高。

到了大学，这一切完全变了。

她家庭条件也算小康了，但没想到同学都那么有钱。同宿舍的另外三个女孩子虽然没夸张到浑身上下都是奢侈品牌的地步，但她们平时花钱都太夸张了。她们总是想买什么就买什么，好像从没思考过"这个东西多少钱"的问题。

可是没办法，小湛还是跟她们成了朋友。毕竟同宿舍嘛。

平时一起上个课，互相帮忙点个到还没什么。但到了需要"表示"的时候，总不那么痛快。

她们的生日 party 规格较高，客人送的礼物档次也不低，香水、化妆品、首饰，总得价值几百上千块。要说送不起倒不至于，但这一送送出去半个月生活费，简直令小湛有些心力交瘁。

虽说实在不愿意陷入这种打肿自己脸让别人充了胖子的境地，她们的生日 party 小湛大都推脱不去了，可既然被通知了"那天是我的生日哦"，也不可能完全没有表示。小湛只好绞尽脑汁地选一些价格还算亲民但又别致的礼物送上。

人情社交的帷幕就这样拉开了。

## *02*

一个人成年后，只要还在社会里过日子，就永远无法摆脱这种特色传统。

看不惯这种传统的人有很多,能摆脱这个传统的人却很少。

别幼稚地想着反正谁的礼都不送,谁送的礼也不收就行了。好像显得自己多么特立独行,其实这只是情商低的表现。

无论愿不愿意,从你收下第一份礼金或送出第一份礼金起,这种你来我往再你往我来,永远没有绝期直到老死不相往来的无限循环,就绵长又悲伤地开始了。

### 03

我刚工作那会儿没什么存款,随时月光,那些早早结婚的同学真的让我很痛苦,特别是,这些早早结婚的同学里大多算不上我的至交,因此大部分礼金都不是真心实意送出去的。

可是不想送又有什么办法呢?收到了邀请,哪怕不在一个城市,不去凑人头,份子钱却还是要随上。

送多少也很难以抉择。

多了肉痛,少了寒酸。

单数不能送,两百太少,四百在有些地方引申为四季发财之意，在有些地方又讲究"四"和"死"同音不吉利。因为在外地读的大学，朋友大多天南海北，也不知道他们那儿是怎么个说法，所以市场价基本成了六百打底。

我又比较讲究真心。一直觉得等自己结婚时，一定只邀请至亲好友，排场不大不重要，但绝不邀请泛泛之交，恶心别人也恶心自己。

所以有些送出的礼金，注定是有去无回了。

到我自己结婚时，我才发现，礼金这玩意儿，不仅仅是送出去时令人百感交集，连收礼金的场合，也因为约定俗成需要收礼金，而不得不放弃一些真心实意的邀请。

因为是作者，社交圈和其他职业还不太一样。大部分职业的社交圈是一个公司的同事，而作者的社交圈，可能是以为同一家杂志社供稿为单位，因此不少神交已久的朋友却遍布大江南北，在拟请帖时我很困惑：邀请他们，会不会给他们造成麻烦呢？

最终我放弃了大部分邀请。虽然真的只是希望他们来捧场，可又害怕世俗让这种情谊变质。

最后除了生活里的好友外，只邀请了那些几乎每天都要在网上聊天的作者朋友。邀请他们时我一再强调，千万不要送礼金，你们能来我就很高兴了。

婚礼那天，真的有朋友放弃了礼金，而是带着礼物前来。

我很高兴，我想，能花心思挑礼物给我，说明我们真的是很好很好的朋友吧。

### 04

小圆觉得自己有个很好的法子摆脱礼金社交。

大学毕业后，他并没有考上研究生，已经出来工作了。但每当老同学邀请他参加婚礼，他总假装自己还在念书，心安理得地空着两手前去，跟朋友招呼一声：穷学生啊，自己还没挣钱呢，礼金以后补给你啊！

一开始大家还不太在意，毕竟认识那么多年，不是为了礼金才请小圆来参加自己的婚礼。可直到有一天，小圆的谎言被戳破了。那以后，他被很多人拉入了黑名单。

并不是他没有给礼金而惹恼了那些人。他们之所以拉黑他，是觉得他人品太差了。

他们都在背后说，哪怕包个一百块的红包也行，我们又不会嫌少。实在不想给，大不了不来呗，但假装还在读书是个多奇葩的理由啊！

没人能够验证，如果小圆真的送上了一百块的红包，他们会不会又在背后说小圆小气呢？

## 05

但还真有人就是为了钱而发出邀请。

之前上班的公司新来了一个同事。刚入职一个月，就在办公间宣布她要结婚了，紧接着给每个人都递上了请帖。

我们那个办公间挺大的，得有二三十人吧，这一个月里她可能都没来得及和每个人说上一句话。

我们目瞪口呆，暗地交换眼色，谁都说不清她是怎么想的。

最后每人出了一百块，凑了个大红包，派一名同事去参加她的婚礼，完成了这个艰巨的任务。

婚礼后，那个前去参加的同事跟我们讲，真不知道她广撒了多少请帖，偌大一个礼堂摆了差不多五十桌，最后到的人却没坐满一半。

## *06*

我曾经很反感这种礼金社交。如果真心为对方祝福，为什么不送上值得纪念的礼物？今天你送我五百，明天我还个六百，下次你再送我八百，再下次我还你一千。如此往复，有什么意思？

我甚至想，为什么不从我们这一代开始和这项传统划清界限？从我们开始，所有礼金一笔勾销，你不送我，我也无须送你，这样难道不好吗？

可惜我渐渐发现，发自内心的真心祝福太少，需要维系的社交却又太多。

可能只有三种关系不需要礼金往来，一种是身边的至亲，一种是特别铁的至交，一种是毫不相干的陌生人。

在除此之外的所有关系里，好像还真找不到比礼金更简单省事的维系物了。

我开始有点理解这个规则了。

## *07*

老实说，工作几年后，手里不再那么拮据，再收到请帖，甚至会觉得几百块就能打发掉的社交，比那些需要费尽心思维持的关系容易得多。

远房亲戚——基本上一年都不联系一次那种——生孩子，我会觉得，啊，那给他钱好了。

我没有多余的精力为这种远房亲戚的孩子挑礼物，也懒得时常走动说些言不由衷的面子话。给点钱打发了，显得我并未忘记有你这个亲戚的存在，事实上也仅此而已，不是很好吗？

成人的世界里有些关系，费心维持太累，狠心抛弃又过于稚拙。

反正我送你你又送我，最后大家都收支平衡，简直皆大欢喜。

维持那些鸡肋的情谊，大概就是礼金存在的意义。

## 不熟的人
## 干吗一起吃饭

*01*

我刚大学毕业时回了四川，在成都工作。有一天晚上九点多接到一通电话，是一个存在手机里但几乎没有通讯记录的号码。

这个人是入学时参加社团活动认识的一个学长。要说认识也不太确切，无非是几次社团活动他作为联络人，组织我们参与罢了，因此才互相存的号码。

接起电话，我还挺吃惊的，怀疑是不是对方不小心摁错了。

"是陈虹羽吗？"

"啊，是啊。"

"我听说你现在在成都上班？"

"对啊。"

"我过阵子会去成都玩。"

我内心的台词是关我什么事，嘴上礼节性地说着："不错啊，成都很多好吃的。"

"嗯，有空一起吃个饭吧！"

我不太愿意，又不能拒绝得太生硬，便答："行啊，有空吃个饭，不过我上班很忙，常常加班，到时再说啊。"

挂了电话，虽然是无关紧要的一件事，我却开始焦躁。

这顿饭吃不吃啊？不想吃。但如果他到了成都再联系我，我还得编各种借口躲掉，好麻烦啊。要不索性再也不接他的电话？反正这个人不再联系也没什么好遗憾的。那他会不会在背后说我这个人很高冷很装逼？啊啊啊，好烦啊。为什么不熟的人莫名其妙要一起吃饭呢？

好在后来这个人也没再给我打过电话。可能是当天我不够热情的态度已经让他明白了找并不是很想跟他吃饭这件事。

而且，现在我连这个人叫什么名字都忘记了。

## *02*

我这个人不太懂得社交的套路，还特别容易当真。

来北京后，我从事了一段时间影视相关的工作，接触了一些影视圈的人。

也不知道是这个圈子的特色，还是所有圈子都是如此，大家特别爱说的一句话就是——"有空一起吃个饭啊！"

起初听到这句话，我总是陷入和那次在成都时接到学长的电话后相同的苦恼。

有什么工作合作上的事要谈吗？就不能先网络或者电话沟通个大概意向再吃饭？没有具体的事吃什么饭？大家都不熟就一起吃饭，不会尴尬吗？

后来我把自己的这种苦恼给一个同事兼好友说了。

她说，你傻呀，人家那么说，只是客套客套罢了，不是真的要吃饭。

我如释重负，真的吗？只是客套？那我就放心了⋯⋯

我也学会了游刃有余地回应这种客套：

"有空吃个饭啊。"

"好啊，等我忙过这阵子的，请你吃大餐。"

"有空吃个饭啊。"

"没问题，等你忙完手头上那个项目一定联系我啊。"

"有空吃个饭啊。"

"肯定肯定，希望我们能有机会合作！"

"有空吃个饭啊。"

"……"

虽然学会了怎么回应，也知道这种口头上的饭局绝大部分不会发生，但每次说着那种仿若拍胸脯应承的话，总会心虚。

既然不会一起吃饭，为什么要这么说？

既然人家都知道只是客套，就不要提吃饭这件事了嘛。

做人呢，最重要的不是真诚吗？

### *03*

我也遇到过不按套路出牌的。

有个半生不熟的人通过微博联系上了我，后来又加了微信。

这个人是中学时的同学，但不是一个班的，也没说过几次话，而且感觉我们是两个世界的人。相同的是他也正好在北京工作。

聊了没几句他就说："北京朋友太少了，咱俩有空一起吃个饭啊！"

这个时候我已经辞去了电影公司的工作，生活又恢复了死宅、死心眼，对这种句式的应酬也不那么熟练了。

我分不清对方是真心还是客套。

不管怎样，我不太愿意动不动就花一个多小时在路上，到约定的地点，和一个不太熟的人吃饭。拼命找一些无趣的话题聊，再争抢着买单。

我宁愿在家吃泡面。

对方也知道我现在是自由撰稿人了，没办法用加班应付过去。不过想来圈外人也不是很懂我们自由撰稿人的生活状态吧。

我就说："最近要赶稿，太忙了，没时间出门呢。"

对方表示理解。

我以为这件事就应付过去了，没想到过了一周，对方又问，稿子写完了吗？有空出来吃饭了吗？

我有点汗，不知道再说什么好。就问，有什么事吗？有事咱们网上说也可以啊。

他说，别这么见外嘛，异乡异客，多几个朋友也好，我们见面聊啊。

对方都说到这份上了，我也不知道该怎么拒绝了。

吃就吃吧，一顿饭，吃了不会少一块肉。我这个人脸皮薄，特别不愿意没事让别人请吃饭，一顿饭没几个钱，能掏就掏了。只好说，行啊，你说吃什么，我请。

然后吃了有生以来最尴尬的一顿饭。

全程生聊，没有话题，你们知道那种状态吗？生聊。脸都笑僵了。

回家后我拖黑了这个人的联系方式。随便吧，随便他怎么跟人说我高冷装逼。再也不想联系了，我再也不跟什么所谓的老乡、老同学、老熟人吃饭了。

明明不熟，没有共同话题，也没有事要谈，为什么要一起吃饭呢？

### 04

直到现在，我还是不能很好地应付"有空吃个饭吧"这句客套话。

因为我分不清它什么时候是客套，什么时候是真正的邀请。

即使是在工作需要的饭局里，我也不能很好地应付。敬酒时说什么？不知道。只会端着酒杯，挖空心思挤出来一句"幸会幸会"。

作为一种人情社交，我理解在大部分人的习惯里，把饭桌当作谈事情拉人脉的场合。

可是，为什么一旦有人不适应这种方式，就要被嘲笑不懂世故？

我只是觉得，吃饭，和家人朋友一起吃才最舒服。

不熟，就不要把约饭当作一种社交的口头禅，随时挂在嘴边了，好吗？

# 清高
## 是清高者的墓志铭

### *01*

清高是贬义词吗？

大概吧。

### *02*

大学时，我有一个同学，就叫她小艾好了。因为一起参加了文学社，所以和她比普通同学走得近些。

可接触久了后，我打从心底开始讨厌她，甚至因为讨厌她，我还交到了好朋友小唯——小唯和她一个宿舍,同样很讨厌她。

我们一拍即合，以讨厌小艾为纽带，建立了深厚的友谊。

讨厌小艾的理由只有一个，就是她太爱演了。她抓住一切机会表现自己，那难看的吃相刺痛了我和小唯满腔的清高。

我和小唯在一起的日常之一就是吐槽小艾。

小唯说，你没和小艾一个宿舍是不知道，我真受不了她，每天熄灯了还要和异地恋男朋友打一小时电话，说她好多次了，注意两天又忘了，搞得我都快神经衰弱了。她自己因为要早读就设六点的闹铃，每次闹钟响半天又不醒，倒是把我们全闹醒了。

可是舍管阿姨可喜欢她了，不就因为她嘴甜，买了水果总是塞给舍管阿姨几个吗？上次她去市里看话剧，回来晚了，舍管阿姨给她开了门禁，也没通报辅导员。哼！

我说，她那样的人，讨好舍管阿姨有什么奇怪？她在文学社里最会讨好辅导老师和社长了。随便在那种很低端都没人看的杂志发表了一篇文章，就要买好多份到处送人。自己在网站上写个网络小说加了VIP，恨不能让全世界的人都晓得。切，那种VIP你知道的啦，只要是每天按时更新都能加的……

小唯说，是哦，那有什么了不起的，怎么就她能当回事儿炫耀个不停？

……

这样的话题我们能孜孜不倦地聊很久。

上课更有得说了。

课间休息时，小艾总爱去找老师讨论问题。我和小唯就在下面说：真受不了，就会在老师面前争表现。明明也没什么很独到的观点，有什么好讨论的？不就是想在老师面前混眼熟吗？

辅导员来系里通知事情，号召大家参加活动，或者是有什么事需要帮手，小艾总是积极响应，让辅导员很是喜欢。

我和小唯则我行我素，不感兴趣的活动就不去捧场参加，也懒得费心让辅导员记住我们是谁。

老师们都说她是"才女"，我有些不服，偷偷找来她写的文章看。也没有写得很好咯，不过是主流的那一套。

听说她在学生会也混得不错，学长学姐都喜欢她——因为她总是主动帮学长学姐忙，一副很懂事的样子。

后来，文学社换届，她顺理成章当了新一任社长；我则觉得没意思——不单单是针对小艾——选择了退社。

大三时，系里有一个名额去台湾做半年交换生。

几乎没有悬念，小艾成为了那个人选。

我和小唯则连名都没有报，因为清高的我们觉得，和小艾竞争是自取其辱，这种光学习好绩点高也没用，最后还得靠老师按人情拍板的选拔活动无聊透了。

大四，小艾决定考研，目标是专业全国排名第一的高校。

小唯跟我说，她跟个疯子一样在宿舍贴满励志警句，把目标高校的校名做成几个大字贴在床头。

我们的专业老师和目标高校的专业老师是同学，小艾让我们老师帮她推荐，认识了那边的教授。

老实说，小艾的专业成绩并不算拔尖的，六级也考了三次才过。我和小唯互相安慰：放心吧，她肯定考不上的！

后来在小艾接到录取通知那天，我和小唯只能尴尬又牙酸地相视而笑。

*03*

大学向来是人生观的分水岭。

在中学，清高一点也没什么，自己闷头学习、不爱演、不爱与人打交道也没啥大不了的。就算没有每天处心积虑地搞好同学关系，没有得到老师的喜爱，成绩总掌握在自己手中，一道答对的题老师不可能给你判错。就算没能当选什么三好学生，只要认真学习考个高分，一样可以上好的大学。

可到了大学我们才慢慢发现，一个人的脱颖而出并不像有标准答案的对错那样简单。自己的努力不再对人生起百分之百的决定作用。机会留给有准备的人，更留给和机会认识的人。

当然人生也不会因为失去某个机会就失败，可越活越发现，想要清高，就要付出更多来维持体面。

其实这个道理从出生起就伴随着我们。

俗语说会哭的孩子有奶吃，不想用哭去讨好谁，就饿着呗，反正也饿不死。

我和小唯也并没有过得不好，只是确确实实因为"不屑""不想和看不上的人竞争""懒得讨好谁""不愿妥协"之类的种种情绪而一再错过机会，或是让一件简单的事变得较难。

比如小唯也选择了考研，其实她完全可以找高中同学介绍导师给她认识。可清高的她看不上找人托关系的行为，最后选择了每天坐一小时公交去另一所大学听课这种办法认识了导师。

更可怕的是，清高的人丝毫不觉得清高有什么不妥。

就像我明面上说着清高不好，字里行间却处处透露出骄傲。

## 04

我的表姐名牌大学毕业后，进了一家事业单位。

她兢兢业业完成自己分内的工作，让人挑不出一点毛病，但干了七八年还是一个普通科员。

每次亲戚一起吃饭，她妈妈都奚落她：你看那个谁谁谁家的小孩，才干三年已经是骨干了。你怎么不争取一下啊，做了那么多事怎么不在领导面前表现一下呢，读书读傻了吗，那些社会关系怎么不会好好处一下呢?

我理解我的表姐。

我们体内流淌着相同的、清高的血液。

她跟我说，科室里的中年妇女每天上班时都织毛衣、看电视剧、聊孩子、聊老公，她一句话都懒得跟她们多聊。

她跟我说，科室里那些年轻人，别看年纪不大，早就在学生会之类的组织里混油了，打起官腔来一套一套的，简直是少年老成，看着都受不了。

我问她为什么不换一个工作。她说算了。刚毕业时是家里不让她换，现在是她自己也懒得换了。事业单位节奏慢，工作不算太忙，也比较稳定。时间久了，大家也摸清了她的性格，平时上班时大家都不打扰她，她也不搭理其他人，做完了工作就窝在工位上看看书，挺好。

她能自得其乐固然好，但因为不谙人情，评优评先进这些有奖金的事从来落不到她头上。好多上蹿下跳围着领导拍马屁的同事却回回都能得到好处。

表姐当然也会不爽了，但久了就习惯了。她领着死工资，再也不期望能有额外的奖金。每次她妈妈奚落她，她就左耳进右耳出。

她跟我关系不错，只在我面前会有些愤然地吐槽她那些同事。不过抱怨归抱怨，抱怨之后总补充一句：算了，随便吧。

## 05

清高的人总能找到办法自我安慰，以此获得心理上的平衡。

我知道我努力学习提高绩点还不如你和系主任搞好关系有作用。

——那又怎样，保研名单没有我但我可以自己考啊。

我知道我花了很多工夫埋头做事还不如你四处张扬受欢迎。

——那又怎样，我们走着瞧我迟早可以用实力说话啊。

我知道我不屑拍领导马屁不如你给领导的每条朋友圈都点赞讨欢喜。

——那又怎样，涨薪轮不到我可我不差那点钱啊。

我们像抱着一块贞节牌坊那样抱着我们的清高，自恋且自怜地、以此为荣地活着。我们自认为与众不同，孤芳自赏得把自己都感动了。

事实却是，没有人会费那个劲拨开我们清高的盔甲，来欣赏我们隐隐也渴望被关注的内心。

　　我们只不过在用最笨拙、最吃力不讨好的方式做每一件事，说白了无非就是死要面子活受罪，并因此沦为了他人眼中格格不入的怪人。

## 世上哪有什么
## 感同身受

*01*

初中时特别喜欢一部漫画，跟好友分享后她第二天就立马去看，看完后竟跟我同样痴迷。我们每天聊漫画里的角色，臆想如果那些角色能在现实里出现，我们该如何跟他们相遇，就这样亲密无间了好长一阵子。

后来她迷恋上偶像剧男主角，那套漫画也被我压在箱底。当初那种因为喜欢着同一部漫画而每天有聊不完话题的日子一闪而逝，好像已经过去很久了。

高中时喜欢一个明星，拼命推荐给当时最好的朋友。很可惜，在喜欢明星这件事上我们口味不太相同。无论我告诉她那个明星有多棒，她始终无动于衷，总会应付地笑笑。有时不耐烦了，还会抱怨，喂，能不能换个话题，别老聊他呀？

我们并未因此影响友谊。我们仍然有其他话题可以聊，只是不再聊我单方面感兴趣的事。

那一刻我意识到，无论多喜欢一件事物，大抵都是自己的一腔热情。对他人而言无关紧要，也没人在意。

怎么说呢，喜欢一部剧，一本书，一个明星，大概是世间最不能分享的事。

当你兴高采烈地向朋友推荐，得来的可能只是一句礼貌的"谢谢，有空的话找来看看"。再亲密的朋友纵容你在聊天时三句不离那件你喜欢得要死的事物，或许也不会真正和你一起喜欢。

我们只能在网上去找同好，可明明想跟身边最亲密的人分享这种喜爱，却无能为力。

这就是没人感同身受的孤独吧。

*02*

中考后的那个夏天，母亲给我买了一辆昂贵的自行车。墨绿色的磨砂质感车身，崭新的、银亮的轮轴。这辆自行车的每一个部件都那么精巧，每一处结构都那么符合人体工程学。骑这辆车毫不费劲，只需轻轻一蹬它就飞一样轻盈地驶出去了。

我非常珍惜它，甚至每天都要拿棉布擦一遍，保持它的一尘不染。

朋友们约我出去玩。

小城市的孩子们交通工具普遍是自行车。我和她们一起骑着车满街逛，然后停在一家文具饰品店门前，就是小女孩都爱逛的那种卖各种好看的笔和本子，也卖发卡小玩意的店。

这种店我们能逛一小时。

琳琅满目的商品让我们挑得眼花缭乱，最后各自带着战利品，付了款后高高兴兴离开了。

店门前，我的自行车不见了。

我知道，我的自行车是最显眼的一辆。它没有一丝锈迹，在阳光下熠熠闪光。可那一刻我多么希望它能旧一点。要是旧一点，就不会被小偷偷走了。

没人注意到我的窘态，女孩们各自推上她们的自行车，然后问我，你站着发什么呆呢，走呀？

我说，我的车好像不见了。

噢。

她们只说了一个"噢"。

过了半晌又七嘴八舌地补了句："找找吧，怎么会不见了呢？"

我知道它已经丢了，找，上哪儿去找？

我问了店员有没有看见一辆墨绿色自行车的去向，当然，没人看见。那个年代也没什么监控，何况，就算能调出监控又怎样呢，没人会为了找一辆丢失的自行车而兴师动众地去调监控。

有个女孩看了看手表，说，啊，快六点了，我妈让我六点前回家吃饭的。我先走了。

另一个和她同路的女孩一起走了。

剩下我和一个跟我关系较好的女孩。她担心地问我，你怎么办呢？

我耸耸肩，没办法啊。

那时心里有些不平衡，为什么只有我的自行车丢了，为什么只有我这么倒霉。她们虽然能理解我，但一定不能真切感受到我的难过吧。

我说，你先走吧，我自己打车回去。

她陪着我，等我打到了车，才自己骑着车走了。

郁闷的时刻虽有人陪伴，但心爱的东西遗失了之后的所有种种，唯有自己承担。

我终究得自己回家，自己告诉父母这个让人沮丧的消息。

### 03

我想起更早的一件往事。

小学时我有个要好的朋友，我们同班，也住同一个单元，一起上学放学。

有一天她问我，你害怕爸爸妈妈离婚吗？

我脑海里浮现父母偶尔吵架时的情形。每次他们吵架，我都怕得要死，自己又不敢说什么，只好大气都不敢出地待在一旁。我点点头说，怕啊。

我们为这个话题聊了很久。聊到伤心处，甚至还落了泪。

几个月后，她的父母在单元里出了名。有天晚上，他们大打出手，闹得整栋楼不得安宁，直到片警出面调解。然后他们真的离婚了。

我的父母依旧如常，偶尔吵一次架，但大部分时间很和睦。我开始明白，我对于父母离婚的担心只处于假想中，而朋友的那种担心，是真真切切的。

我只记得那些日子，她上我家来找我玩。她说她的爸爸妈妈已经办好了手续，她被判给母亲，将要搬走。她说，新家很远，她得转学，以后也没机会来找我玩了。最后她问我，你不是说你爸妈也吵架的吗，他们为什么还是好好的？

我无法回答她的问题，也不知说什么好。

后来每当我想起这件事，总觉得当时那个和她一起担心父母会离婚的自己，有些假惺惺的。

我体会不了她的感觉，只是强行和她共鸣罢了。

她当然也明白了这一点，后来我们鲜有联系，即使联系，她也不会跟我讲和父母有关的话题了。

04

大学时，有个朋友失恋了。一开始，我们这群朋友还找各种话安慰她，后来发现她变得没完没了。

她不停诉说她和前男友曾经多么相爱，而他竟然说变心就变心。她悲伤、难过、不服气，在社交网络上像个怨妇一样不停发幽怨的状态。

有时朋友聚会，大家正聊得开心，她会突然冒出一句：我和他以前也常来这里吃饭。聚会的气氛瞬间就降到冰点。

后来我们再出去聚会，就不大叫她了。

她那些幽怨的朋友圈，也被我们屏蔽了。

没人会真正在意有谁过得不好。或者这么说吧，没人会长时间为他人的困境考虑。

毕竟生活已经这么艰难，我们都自顾不暇，谁会总挂记他人的不顺呢？

所有的困境与不顺，总是要自己去应付的。时时挂在嘴边，只会被人看不起。

强者都是打掉牙往肚里吞，哪怕后背被炸得血肉模糊，也要给观众一个意气风发的正面。

因为他知道，他人只称赞你的强大，却不在乎你受到的伤害。

反正那些痛都没人感同身受，何必还拿出来像奖状一样张贴，不如自己吞下去，做个强者吧。

### 05

也没有人在意你过得很好。

除了亲人和三两知己，无论是你的痛苦，还是你的欢乐，都不太有人在意。他人不是嫌你的痛苦太麻烦，就是嫌你的愉悦太耀眼。

仍旧觉得我把人心想得太坏？那先摸着胸口问问自己吧：

好友陷入热恋，在朋友圈刷屏秀恩爱，你是衷心替好友开心，还是不耐烦？

好友遇到麻烦，变得像怨妇一样每次见面就聊种种不顺，你是挖空心思替好友想解决的办法，还是嫌跟她交往越来越累？

糖不是吃在你嘴里，所以无论吃糖的人怎么跟你描述，你也不会觉得甜。

针不是扎在你身上，所以无论扎针的人怎么跟你形容，你也不会感到痛。

相爱甜蜜，自己心里美就是了。

一定要说出来惹人嫌吗？

喜欢什么书啦电影啦明星啦，去网络上找同好就是了。

一定要到处推荐让人厌吗？

过得不好，藏起来咬碎牙往肚里吞就是了。

一定要不停诉苦变祥林嫂吗？

当想明白这些，就不会再想着要从他人身上寻求什么依赖了。要真正接受每个人都是孤单的个体这种事。

人人生来就是孤独啊。抱歉。

第五辑

"    不是所有感情都值得歌颂    "

## 痴情只能
## 感动自己啊朋友

*01*

有年开学，系里一名家庭条件不太好的男生在返校的火车上丢了笔记本电脑。他是到了学校打开行李箱才发现电脑不见的。虽然报了警，坐的硬座车厢却没监控，找是找不回来了。

他不敢跟家里说，但没电脑实在不方便，每次写作业都要带着 U 盘去图书馆的机房。

他周末多做了一份兼职，想尽快挣钱买台新的。但发半天传单也不过五十块酬劳，要存够买电脑的钱，至少得一学期。而且他的生活费也都是自己挣的，本来就已经兼了两三份职了。

说起来，这个男生还算优秀。至少不是那种因为穷就自暴自弃的学生，没有拿着父母的血汗钱到处挥霍，人挺上进的。

和我同宿舍的小林喜欢他。

小林是小康家庭的独生女，父母都是知识分子。她喜欢看民国背景的爱情小说，每每被富家千金和贫寒书生跨越阶层的山盟海誓感动得死去活来。

小林心疼那个男生，常常在宿舍跟我们感慨：

"他好可怜哦，每天吃饭都只打一份最便宜的菜。这么辛苦地兼职，吃那点东西身体会垮掉吧？"

"明明就那么忙了，赶作业时还要往机房跑。我听说机房的电脑常常死机，有一次他还没来得及保存，文档就丢了。"

感慨久了，她决定不顾矜持，亲自出马，解救那个男生的困境。


小林跟家里说电脑坏了，想买新的，第二天就收到家里打来的五千块钱。

她一改往日作风，很高调地在班里逢人便说自己买了台新电脑的事，最后装作不经意地问那个男生：你电脑丢了吧？我的旧电脑反正也没用了，暂时借给你？

一来二去，两人熟了。

上课坐一起，也一同去食堂吃饭。小林饭量小，但每次总是打三四道菜，还都是大荤，吃几口就剩下了，把肉都夹到男生盘里，说：又打多了，吃不完，你帮我吃吧。

换来男生一句，你这大小姐真是浪费啊。

在小林听来，这是一句宠溺的话。

我们都问小林，你们谈恋爱了吧？

她想了想，应该不算是……

我们都要抓狂了，他没跟你表白吗？

小林摇头，没有啊。

我们义愤填膺，七嘴八舌说着那个男生的不是。整天享受着一个女孩的付出，却装傻不戳破那层纸，算什么爷们啊！

但我们批判了一通的后果是，小林决定自己跟那个男生表白。

天知道小林是个怎样的人。刚开学时，她是个跟男性说话都会脸红的姑娘。而现在，她不仅拐弯抹角地帮那个男生的忙，还决定表白。

小林表白后，他们顺理成章地在一起了。但学期末，大家都为期末考忙得不可开交的一天，小林趴在床上哭。

她在那个男生的手机里看到，他明明有女朋友的。他女朋友是他中学同学，现在在另一座城市念书。

小林跟那个男生争吵。男生说，抱歉，是你自己要当我女朋友的，我只是怕拒绝会伤害你。

估计他也存够了买电脑的钱了，他把小林给他用的电脑还了回来。小林没有要，说自己反正也用不上了，你留着用吧。后来听说男生把电脑拿去二手市场，卖了两千块。

小林哭着问，我对他那么好，他为什么要这样对我？

## 02

不要热脸贴冷屁股，不要把一腔热情倾洒给一个根本不需要的人。

对一个人好当然没有错，但先问问自己，想要得到什么回报呢？想要得到对方以同等的好来回报自己吗？

抱歉，感情里从来没有对等的付出。

### *03*

班里的一对情侣，毕业那年突然想创业。

我们都很奇怪，女生明明已经找到了工作，是一家不错的大公司，怎么说创业就要去创业了啊？

一打听才知道是男生的想法。他找工作四处碰壁，最后干脆决定创业。

搞笑的是，他家里拿不出本钱，他跟女生许诺一番如何一起拼搏，前景如何美好，最后硬是说动了女生的心。

女生跟家里说自己要和男朋友一起创业，软磨硬泡下，父母拿出家里的二十万存款，给他们做启动资金。

个中的细节我便不得而知了。只是最近听同学提到，他们俩的生活十分不如意。

他们刚出校门就租了一套一百五十多平的房子，商住两用。业务还没起步，就顾了两三个职员。没赚着什么钱，倒是房租和员工工资贴进去不少。后来资金所剩无几，只好关门大吉。

两个人现在在做微商，但听说也没赚到什么钱，还被好多朋友屏蔽了。

他们也没有结婚。男生嘴边总挂着一句，再等等吧，现在事业还没成功。

当年女生要放弃工作，找父母要钱去跟男生创业，我们不少人都劝过她。

她沉浸在自己的喜悦里，告诉我们，男生拍着胸脯保证过，创业一年内一定盈利，会让她过上好日子。

喂，这位男同学，还记得当初说过的话吗？

听说他不仅不记得，还怨天尤人，说自己生不逢时，想让女生家拿出更多的钱好让自己翻盘。

也有人劝女生离开他，不要再拿着家里的钱陪他打水漂了。

她说，我不能在最难的时候放弃他呀，爱情不就是两个人一起共渡难关吗？

## 04

且不说男生如何差劲，来谈谈这个女生吧。

父母都舍不得她吃苦，她却把父母的钱拿去跟着他吃苦，

不是太傻了吗？我们不求什么宝马豪宅，可总要生活安稳看得
到未来吧。

青春可不是拿来跟人损耗的。

可惜，任何言语也无法劝醒一个沉浸在自我麻痹中的痴情
人。她大概有种幻觉，就是自己仿佛是那种站在成功男人背后
的伟大女人吧。

### 05

我有个女性朋友，被某个痴情的男子缠得不胜其烦。

痴情的霸道总裁只在偶像剧里出现。现实生活是，霸道总
裁身边围着那么多女人，才没工夫跟小女生玩猫鼠游戏呢。

何况有担当的男人拿得起放得下，在被明确拒绝后还能死
缠烂打的，多半是脸皮比城墙还厚的失败者。

她和这个痴情男子是相亲认识的，不过这样说也不太准确。

她来自一个小城市，介绍男子的七大姑八大姨说，这人是
老乡，跟你一样在同一个大城市打拼，见见吧。

两人约好见面的地点是某个商场。

看到他时觉得有些面熟，却怎么也想不起来。

男子问她想吃什么，她说随便。然后男子带着化了淡妆的她去了商场背后一条小巷里的一家手抓饭店。

第一句话就是，你还记得我吗？我是那个 ×××啊。

听到这个名字，她的第一反应是汗毛都竖起来了，想跑。

她太记得了。中学时，隔三岔五就能收到一封署名×××的情书，但这个人一直没有露面。没想到，都过去这么多年了，竟辗转能这样碰面。

她给我发短信，让我打电话救她。之前说好的，如果对相亲对象不满意，我就假装她老板，打电话催她完成工作。

等她逃离现场后，我问她怎么回事。

她惊魂未定地说，妈的，遇到变态了!

因为之前长辈交换过联系方式，那个男子有她的电话号码。发现打不通后，开始短信轰炸，倾诉了自己的痴情。

她把那些短信拿给我看。

男子说，毕业后不管过了多少年，都忘不掉她。打听到她在这个城市工作后，就不远万里来这里找她。希望她给自己一个机会。

更恐怖的还在后面。

因为长辈间的交换信息，透露过她的工作单位。有一天她下班，还没走出写字楼，就远远看见门外那个畏畏缩缩又鬼鬼祟祟的身影。她只好绕路从后门走掉了。

当晚她就给家里打电话：别再随便给我介绍什么乱七八糟的对象了。上次的那个，赶紧跟人说我换工作了，不在原来的地方上班了！

她把他的号码加到了黑名单里。

直到大半年以后，收到一条陌生号码发来的信息：你以为自己很了不起吗？当自己谁啊。别以为我没有你就不能活了，装什么装？

她翻了个白眼，心说，赶紧滚，大哥，求求你忘了我好好生活。

## 06

觉得自己很痴情，其实在别人眼里简直是个变态。这种情况的的确确存在。

这种人通常严重缺乏共情能力，不能站在他人的角度考虑问题，也不能体察别人的想法，完全以自我为中心，好像自己就是整个世界。

遇到这种人，我的建议是，能离多远有多远，等他们自己感动自己去吧。

## *07*

狐朋狗友的聚会中，最不乏听到花心男子炫耀某女对自己如何如何痴情，他将其当作一种资本，以戏谑的态度给大家讲，大家也当作笑话听。通常讲完了还要加一句，那姑娘真蠢啊，看不出我只是玩玩吗？

也不乏听到被痴情男骚扰若干年的女生抱怨，妈的老娘就是瞎了眼也不会看上他，成天阴魂不散，他怎么不从这个世界上消失啊？

爱一个人之前，先别忘了自己也有尊严。同时想一想，这种痴缠会给对方造成负担吗？

与其付出一切换得被对方辜负甚至讨厌，不如放下一切当断则断。

玩痴情玩到感动天感动地，最后不过是玩坏自己。

## 不合时宜
## 也算爱吗

*01*

我在上一家公司工作的时候，技术部有个小伙子喜欢我们部门的一个姑娘。

技术部小伙子人缘好，平时修个电脑什么的很靠谱，大家都愿意帮他。

这个姑娘一有什么动态，总有好事者赶紧向小伙子汇报：

"她刚刚说今天起床晚了，没吃早饭。赶紧的啊，表现的机会到了！"

"她脚扭了，请了假要回家。你也请个假送她回去吧！"

"公司下周的春游她说不去，你别瞎忙乎了。"

"她说了呢，没有男朋友，你加把劲啊，一定能追上的。"

小伙子不负众望，每次都在关键时刻出现在姑娘面前。

然而，这个姑娘对他仅止于礼貌。

我们问她，他人挺好的，又上进，为什么不给他一点机会？

姑娘耸了耸肩，一脸无奈地反问：他真的很好吗？

她对我吐槽了几件事。

02

有一天她早上不知吃坏了什么东西，到公司没一会儿就开始上吐下泻，最后实在撑不住，请了假回家休息。

中午一点多，她好不容易蜷缩在床上睡着了，突然被一阵电话铃声惊醒。

是那个小伙子打来的。

"我听说你吃坏肚子了，怎么了，好点了吗？"

姑娘有点生气："大中午的……我在睡午觉呢。"

他丝毫没意识到姑娘的话是在向他抗议，而是自以为是地继续说："那就好，生病了就是该多休息。"

"没什么事的话我继续睡了。"

他并未挂电话，而是开始唠叨地叮嘱："家里有药吗？需不需要我下班买点药给你送去？测体温了吗？发烧的话，看看用不用去医院打点滴。有什么事记得给我打电话啊……"

"不需要。没测。不用。让我睡一觉就好了。我接着睡了，再见。"

然而因为这个姑娘本来睡眠就不太好，让他这么一搅和，完全睡不着了。

下午四点多，又接到他的电话。

"你没吃饭吧？要不我下班帮你打包点吃的送去？"

她又吐又拉了一天，还真的没力气做饭，于是接受了他的好意。

快七点钟，小伙子喘着气赶来了。打包盒还是热乎乎的。她也实在饿了，很想喝点稀粥，养一养胃。然后打开打包盒，她看到了一盒麻辣香锅。

"这……"

小伙子殷勤地说："赶紧趁热吃吧！"

她拿起的筷子又放下了。


你们见过有谁给一个上吐下泻的病人送麻辣香锅吃的吗？

## *03*

又有一次，姑娘来大姨妈，在办公室疼得死去活来。大热天的，嘴唇发白，额头直冒冷汗。

小伙子收到她不舒服的线报，赶紧跑来了。

"你怎么了？"

难以启齿，只能勉强地笑笑，说没事。

"你等着，我给你买点东西。"

"啥？不用了。"

还没等姑娘把话说完，小伙子已经风风火火跑出去了。窗外烈日炎炎，她不知道他要去买什么。

不出十分钟，小伙子满头大汗地跑了回来，递上一根冰淇淋。

"你中暑了吧？出那么多汗。我给你买了冰棍，吃吧！"

当时她直想翻白眼。转念想想，小伙子也挺可怜的，她又没有明说自己是怎么回事，谁知道呢。

可是，这样的好意显得稚拙又多余，无论他多么辛苦，她也只能说："抱歉。"

这根冰棍我并不想吃。

上次的麻辣香锅我也不想吃。

我不需要在好不容易睡着时接到你貌似关心的电话。

也不需要你的一切好意。

## 04

李碧华说，什么叫多余？夏天的棉袄，冬天的蒲扇，还有等我已经心冷后你的殷勤。

而有些时候，你的付出连多余都不算。

你的付出只是一种感动自己的方式罢了。

因为感动了自己，就觉得对方也理所当然应该感动。殊不知大部分时间不仅没有感动对方，还给对方造成了困扰。

你只是一个不合时宜的人啊。

你并没有考虑对方需要什么，只是站在感动自己的角度一股脑地付出，最后再愤愤不平地质疑：

你看我对你这么好，你为什么不喜欢我？

你看我为你吃了这么多苦，你为什么一点表示都没有？

你看我做了这么多，你不觉得亏欠我吗？

就好像有人走在路上开开心心哼着歌，你突然冲上去塞了个礼物在对方手里，然后问："我都送你礼物了，你为什么没有礼物送给我？"

有才怪。

## 总会
### *渐行渐远的友情*

*01*

看到朋友即将中刀，条件反射地冲上前去挡住。

被问："笨蛋，难道你不要命了吗？"

坚定地回答："当时根本没想那么多，只知道你是我的朋友，我不能对朋友见死不救！"

这是只存在于少年热血漫画里的友情。

就是因为现实里根本不存在这样的友情，热血漫画里的这种桥段，才总是把人感动得死去活来。

生活不是拍青春电影，不是漫画，不是小说，所以不要奢望有那种好得一辈子都能在一个被窝里说秘密的闺蜜。

一辈子亲密无间的朋友固然好，但我们不应对这种小概率事件抱以热切的期望，不是吗？

## 02

初中是觉得友谊大过天，想学着偶像剧里的桥段把交朋友搞得轰轰烈烈的年纪。

当时我和班里的三个女孩搞了个小团体，还给小团体取了名字。

走在一起时，我们觉得自己是全校最拉风的组合。有谁被人欺负了，我们会一起出面去教训那个人。

后来，小团体里一个跟我关系更要好的女生告诉我，另一个人嫌我太土了，用现在的话说就是拉低了团体的平均颜值，想把我开除。

回家后我气得躲在卧室里哭了一晚上。

虽然有这些波折，我们还是打打闹闹地在整整三年里成为了最好的朋友，毕业时约定要一辈子都这么好。

事实上，当我们在不同的高中读到高二，就几乎不怎么联系了。

## 03

高中的第一个朋友是当时的同桌。

开学那天我和她都去得晚，到了教室只剩讲台前的一张课桌没人坐。我们无奈地相视一笑，从此成了同桌。

一聊才发现我们早就是同一所初中的同学。

我们一起上厕所，一起吃饭，一起抄作业，很快便无话不谈。虽然她喜欢明星八卦，我喜欢看漫画、小说，但我们还是尽量找寻共同话题，比如觉得班里男生谁最帅这种。

半期考试后，班主任要按成绩重新编排座位了。我们不再是同桌。一开始课间还一起聊天，后来双方都觉得和新同桌聊天更方便。

高二文理科分班后，我们更是疏远为点头之交。

现在，我们连对方的联系方式都没有了。

## 04

分到文科班后，我认识了小金。她也喜欢写东西，我们一起加入了文学社，成为无话不谈的朋友。

当时真是有说不完的话题：钟爱的作家出了新书，可以讨论一整个星期；喜欢的男生；想考的大学；期望的未来……我们可以谈论一切在那个年纪里重要无比的事。

我们还互相交换看写在周记本上的稚嫩小说，给对方提建议。

后来读大学，我们在不同的城市，学不同的专业，见不同的人。我们仍时常在QQ上聊天。可越来越觉得，无话可谈。

她加入了学生会，跟我讲学生会里的竞争和勾心斗角。我讨厌学生会，她说的那些话题，我不知道怎么接。

最可怕的是，读大学的那一年起，社交网络开始流行。社交网络暴露了很多人的木心，平时木头木脑的人，说不定在社交网络上活蹦乱跳，平时话少的人也可能是个隐藏的段子手。

可平时文静的小金，却在社交网络上暴露了自己的虚荣和公主病。

虽然承认这一点显得有些无情，但无法欺骗自己的是，我好像不再喜欢她了。

我历来讨厌官腔，她讲的那些事，我一点也不关心。她似平也察觉了我的冷漠，渐渐不再找我讲学校里的那些争斗了。

毕业后她做了公务员，我则在杂志社当编辑。中学时的爱好延续了下来，平时写写小说，也出了几本书。

明明曾有过共同爱好的我们，如今连价值观都分道扬镳了。

她乐得做一个工作稳定、以丈夫为中心的小女人。

我更看重追寻内心，事业单位那繁文缛节的一套听着都头疼。

我们互相关注了微博，但已经一两年没有评论过对方了。她在朋友圈秀恩爱，秀新衣，秀接待了哪位领导。

比友谊变淡更无奈的是，长大后，那个曾经的朋友居然成了我们一直最讨厌的那类人。

## 05

我遇到过一个很尴尬的状况。

有个高中时关系还不错的同学，每逢寒暑假回老家，她总要约我出来吃饭。我有时赴约，有时有其他事就拒绝了。

结果有一天，我的邮箱里竟收到她发来的长信。

她在信里怀念了以前高中时的美好时光，然后问我为什么和她渐渐疏远了，是她哪里做得不好吗？

虽然看到信有点感动，但更多的是手足无措。

老实说，在这之前，我并不认为和她是非常要好的朋友。

就算是吧，朋友之间的疏远一定需要理由吗？只是渐渐各自去了各自的未来罢了。

我们喜欢不同的东西，过着不同的生活，享受着不同的快乐。我担心着明天就截稿了还有五千字没写完，她却在担心怎样找代购更靠谱。

这……没必要强扭成"朋友"吧？


我也会有很喜欢的女生，想要和对方成为朋友。但对方却并不在意。我们曾经熟识，但她远远走在了我前面。

虽说心里失落，虽说看到她微博上发布的那些展现多姿多彩生活的照片（而且是那种我根本够不到也融不进去的生活）会微微酸楚，可我绝对不会写什么信给她。

一段恋爱关系的结束需要明确提出"分手"来确认，恋人冷落了自己，当然也可以发抒情的长信去询问。

可友谊又不是谈恋爱。友谊就是无声无息变淡的呀。

我明白这种事。

朋友过得好，我为她高兴。她若记起我，我会热情地回应。但她若忘记我，也是理所当然，理应一笑了之。

## *06*

天下无不散之筵席，人总是孤独地活着。

读书会毕业，工作会换，会搬家，会换城市。

和一个久未联系的老朋友交流现状太麻烦，总追忆往事又太颓废。

友谊的基础是两个人势均力敌，不是物质上，而是思想上。

不同层次，或说不同生活状态的人，总是有不同的圈子。

当我们在相同的状态中时是很好的朋友，可没有人会永远处于相同的状态。总有人走得快，有人走得慢。有人会变，有人不会变。有人会这样变，有人会那样变。

要接受当我们不再相同，于是就渐渐疏远这种事。

陪伴一程，便渐行渐远，这才是友情的常态吧。

# 老同学到底是种什么关系

## 01

记得高中毕业后的班级聚餐上，同学们在就连酒水饮料也无限供应的自助餐厅里痛饮。劣质啤酒从刚刚解放的年轻喉咙里灌下去，激起躁动难安的少年心。

平时最老实最少言语的男生，开始胡言乱语和每个女生拥抱。平时专治各种不服、面瘫无敌的学神，竟也一脸不舍地静静坐在一旁。

畅饮之后，很多同学开始一团团地抱着哭。

虽然也不知道在哭什么，只是那个年纪的我们演出着想象中的告别，好像不一起哭，不一起喝醉，就不是青春电影里描绘过的毕业。

现在，当年拥抱着哭泣的人多已不再联系。只平平淡淡说了声再见的，却有几个维持着往来。

大学毕业宴会上，平日神龙见首不见尾的各位同学出乎意料地来得整齐。大家觥筹交错，起哄灌酒。

劝酒的发言已经有了模仿成人社交的语气，可是四年里都没说超过三句话的同学，有必要这时候来套近乎吗？

饭毕，最闹腾的那拨人相约去了 KTV 唱通宵。我回宿舍睡觉了。

只是觉得相逢的人会再相逢。要相忘于江湖的人，此刻也无须演戏。

### 02

我始终觉得，"老同学"是种很牵强的关系。

在同学里，我们可以交到好朋友，甚至遇到好恋人，这才算一段关系的开始。

而只因恰巧在同一所学校念书，明明没有共同语言，明明
性格南辕北辙，就必须要建立起名为"老同学"的这种充满了
利用与攀比的联系吗？

## 03

小何跟朋友一起注册了一家广告公司，主要业务是运营新
媒体，帮客户做推广。公司开得有声有色，运营的几个微博号、
微信号都是当地大 V，同学们都在传小何成网红了。

小纪开了家甜品店，听说大学同学小何的网络推广做得不
错，于是联系上了他。

小何听了小纪的来意，报了推广的价目。

小纪问，我们是老同学啊，没有优惠吗？

小何说，那打八折吧。

小纪不高兴了，你发条微博根本就是零成本，免费帮我发
不行吗？还好意思收钱，太不够意思了！

小何解释说公司是跟朋友一起开的，自己不能一个人做主。

小纪说，别解释了，不就是宰熟人嘛，我知道。然后在好
几个老同学群里吐槽了这件事，说小何当了网红把老同学都忘

了，连老同学的钱都好意思赚，呸。

小何有些无奈。以前跟小纪就不太熟，得罪了也无所谓。可被小纪到处宣扬这件事，说得好像他犯了多大的错。

我靠，只因为你是我的老同学，我就要无条件帮你，才算是有情有义的人？

## 04

有一天，一个陌生人加我微信。名字是网名，我对着那张P得亲妈都不认得的头像照片辨认了半天，才依稀看出某个老同学的轮廓。

之前不曾有过多深的交情，但不通过验证好像显得不礼貌，只能通过了好友申请。

一阵寒暄。

她发来几个笑脸，我看到你朋友圈里发的结婚照了，真美！

噢，谢谢。

现在在哪儿工作呢？

没上班了，在做自由职业。我如实回答。

也对，结婚了，要准备带小孩嘛。

我被她的妄自揣测弄得有点气急，呛了一句，不是啊，都说了，自由职业，谁规定女的结了婚就要在家带孩子啦。

她赶紧顺着说，那是那是，你这样的大才女，带孩子太屈才了。

有点鸡同鸭讲，我哭笑不得，觉得对话实在进行不下去了，就没再回复。

过了一个多小时，她发来一条新消息：看到我在朋友圈里推广的内衣了吗？特别好用，你要的话我可以帮你用优惠价拿下来，买一套试试？接着是好几个链接，讲那个内衣的神奇功效之类的。

我没再顾及本就不多的情面，将她拉黑了。

有个说法，如果多年没联系的老同学突然联系你，千万不要回应。因为他要么就是借钱，要么就是办婚礼，要么就是做了微商。

最好的办法就是假装查无此人，反正对方很可能也只是群发的信息。

看看，就因为"老同学"的存在，人和人之间连最基本的信任都没了。

## 05

你们有没有仔细观察过，时至今日还在小学、初中、高中、大学的微信或 QQ 群里活跃发言的是哪些人？

前几日，辗转被一个小学同学找到，拉进了小学班级的微信群里。瞬间手机震个不停，消息以刷屏之势涌来。

点进去一看，无非是那么几个人在说话：

一是小学时最不起眼但现在考上公务员的；二是小学时最调皮但现在做生意发了财的；三是小学时早熟现在更熟跟男同学调情的。

而聊天的内容，也无非这么几点：

一是哭穷：现在过节都不发钱了，工资又低，公务员真的好没意思哦；二是哭穷：最近看上某款车啦（价位在五十万以上），没钱，买不起啊；三是哭穷：上个月刚去了香港扫街爆了卡，这个月还被扣了奖金呜呜呜……

哦，其实就是用哭穷这种低调的方式高调地炫耀自己的生活嘛。

看着这些人聊天的话题我真是不胜唏嘘，无论看过了多少美景，无论怎么修身养性让自己写小说又弹钢琴，却永远有一群沉溺在世俗中的老同学提醒着我：看看吧，这就是组成这个世界的大多数人。

真是可恨。

就是因为这些丧心病狂的"老同学"，他们纷纷迫不及待地长成了小时候我们见到过、并且不喜欢的形形色色的成人，我们的世界才没有变得更好。

而从不在群里说话，还会被老同学们评为"高冷"。

那个谁谁谁，不就是出了几本卖不出去的破书嘛，连老同学都懒得搭理了。上次我礼貌性地让她送几本她写的书给我看，她还拒绝了。切，当我真想看啊……

*06*

有时我在想，同学会是怎么一回事？

这个时代很难与人失去联络，分别时无须痛哭。

发展为好朋友的同学，自然会以朋友的名义保持联系以及相聚。

而把所有同学都叫到一起的聚会，大概就是一群嘴里散发着烟味的中年男人，和一群浑身散发浓郁香水味的少妇聚在一起进行炫耀大赛吧。

因为往事已经没什么可以回味的了，现在的生活也没什么好讲。只要在同学会那天，穿上自己最贵的一身行头，去表演一场自己意淫中的生活状态，再听来几句言不由衷的赞美。

这种感觉真是糟透了。

当年就没成为朋友的同学，现如今也天各一方互不相干，为什么还要再凑到一起比一比呢？

## *07*

有人要说，你傻啊，装什么清高，老同学不就是人脉吗？今天你帮了他，总有一天也有他帮得上你的时候。别搞得好像自己不食人间烟火似的。

我觉得人脉本身，就是一种很功利的交往状态。

我们当然可以有功利的社交，比如工作中认识的同行、客户。这些关系一开始，就建立在互惠互利的基础上，你来我往很正常。

可是老同学呢，明明可以单纯一点。能当朋友就当朋友，当不了朋友就好聚好散。

用若干年的同窗情谊对他人进行道德绑架，强行要求别人成为你的人脉，不是很怪异吗?

# 追星的爱
## 是种什么爱

*01*

我的朋友小畅在澳大利亚上学。

她喜欢的偶像要在国内开出道以来的第一场演唱会，小畅在朋友圈里像着魔一样念叨着想去想去想去想去想去。

理智暂时还能克制住她的冲动。她快要期末考了，而且从澳洲回国往返的机票太贵了。如果去的话，她几个月的工都白打了。

我问她，真的不去了吗？

她说，确实去不了啊。

但就在演唱会的前一天，她疯了。她突然觉得，如果错过这次，或许再也不会有下一次了。如果这次不去，她可能会后悔一周、一个月、一年，也可能到老了还会念叨起那场年轻时错过的演唱会。

她甚至都没有收拾行李，而是打车直奔机场，买了往返的机票。没有直达的机票，要去新加坡转机，单程要二十几个小时。

二十几个小时后她抵达国内，正好还有三个小时供她赶往演唱会的场馆，再在场外花高价买一张黄牛票。

她就这样马不停蹄地奔向了那场演唱会。

高价黄牛票的钱和机票相比已经不算什么了。她拖着经历了二十几个小时路程的疲惫身躯，和一份将要第一次见到偶像真人的炙热心情，开始了这场只有她和万千情敌以及远方舞台上那个小小的发光的点的约会。

两个小时的"约会"结束后，她没有时间去酒店休息一晚，而是直接去了机场，候机，登上红眼航班，重新回到澳大利亚。

只是耗费了一个周末的时间而已，如果不来，大概也就是宅在家里看看电视剧或者综艺吧。可是因为来了，这个周末将成为她最难忘的一个周末。

事后我们问她，值得吗？加起来快要五十个小时的奔波，只为了远远地在人群中看他一眼。他不会知道你为了看他付出了多少，甚至都不知道你的存在。

小畅想都没想就回答，不是值不值得的问题，是太太太太值得了，是庆幸自己还好去了，现场看偶像和视频上看真的不一样啊。

怎么说呢，也许两年后、五年后，小畅就不再喜欢这个偶像了。可那场疯狂的追逐，她永远也不会后悔。

她觉得所做的一切都是值得的，是劫后余生般的庆幸，是青春的疯狂留下的珍珠。

好奇怪，明明不是爱情，却好像比爱情更炽烈啊。

## *02*

总是被不理解的人说，这不就是脑残粉吗？

我不觉得小畅有什么脑残之处。

她很努力地生活，自己打工存下的钱是去看一场演唱会还是买一个香奈儿的包包，她当然可以选择。

为什么用自己存下的钱买一件昂贵的奢侈品不会被取笑，

买一段珍贵的回忆就冒出这么多不理解的人呢？

他们会说，才两个小时的演唱会啊，连句话都跟偶像说不上。甚至他离你那么远，还不如视频上看得清晰呢。买个高档包包，买台最新配置的电脑，都起码能用好几年。

可是包总有不想再用的一天，配置再好的电脑总会渐渐被淘汰。而这两个小时，明明是我们整个青春的暗恋，是我们整个青春最美好想象的投射。

就算奢侈，就算浪费吧。

可是为了爱，谁没奢侈浪费过呢？

虽然是一场不会得到回应的爱。

### *03*

周杰伦结婚的时候，我的朋友小陶叫我们出去陪她喝酒。

我们问她怎么了，她说，她失恋了。

我们关心地问她怎么回事，当她说出是因为周杰伦时，一个男性朋友简直要笑出眼泪。他说，结就结呗，你真当自己是他女朋友啊？

其实，粉丝从来没有把自己当作是偶像的女朋友过。大概只在最疯狂的梦里闪过一丝这样的念头，却又很快被自己否决了。

我和小陶中学起就是朋友了。我知道她省下饭钱买周杰伦的每一张唱片，把周杰伦的歌词抄得笔记本上到处都是。

有一次周杰伦来我们这边做品牌宣传，其实只出场很短几分钟，可小陶淋着大雨等了好几个小时。

大学时，小陶去看周杰伦的演唱会。唱到《晴天》那首歌时，小陶给我打电话。电话那头吵吵嚷嚷，小陶激动得语无伦次，她说你听你听，是中学时我们最喜欢的歌啊！

歌词的最后一句是：但故事的最后你好像还是说了拜拜。

这首歌就像在和青春告别。

为什么要对小陶用"失恋"来比喻偶像结婚冷嘲热讽呢，为什么要觉得她小题大做呢？

如果失恋是一场恋情的结束，我想，小陶说的失恋，是指贯穿青春的那场迷恋有了结果吧。

她爱了周杰伦整个青春，但毫无悬念地没能嫁给周杰伦。

## *04*

长这么大以来，我迷恋过三个偶像。

高一时喜欢上第一个偶像。

那时视频网站还不像现在这么发达，为了看有她的电视节目，要在下晚自习后骑着自行车飞奔回家，一秒都不敢多耽搁，打开电视后，就目不转睛地盯着屏幕傻笑。有时错过了，就得等周末的重播。

我想变成她那样帅气洒脱的女生。于是剪她的发型，学她的穿衣风格。买她的每一张专辑，唱她的每一首歌，搜集每一本有她的杂志。

那是读中学的我所能做的全部了。

现在对她的感觉就像一个老朋友，她永远不会认识我，但有什么关系，她不再是刚出道时那个青涩的女孩，我也长大了。

大学时喜欢上一个国外的偶像。

因为比较小众，我几乎不相信自己能见到他。没想到他第一次到中国宣传，就是来我大学所在的城市开歌友会。

那时我已经能挣到些稿费，手头有点闲钱。知道他要来的消息，我买了最贵的票，第一排的位置。

因为是歌友会，场馆很小，第一排离舞台几乎只有一米。闪烁的光影里，我看到这个从屏幕里走出来的偶像。真实的他在面前唱着歌，那么真实，又那么梦幻。

也是这一次，我彻彻底底明白了那种感受，明白了为什么喜欢一个偶像，一定要去看他的演唱会。在那样的氛围里，你会觉得所有付出都值得，所有青春此刻最美，所有不会有回应的爱此刻有了回应。

这一刻是绽放的昙花，是稍纵即逝的美梦。

即使现在不像之前那样迷恋他了，但我会记得那天的聚光灯下，他闭着眼睛唱歌，光线掉落在他睫毛上的模样。

工作后，一个少年成了我的偶像。

以前喜欢偶像是向往他们的样子，想成为他们的模样。现在喜欢偶像却是羡慕他活成了自己最想活成却没能活成的样子。

经济和时间都比上学时宽裕了，像是要追随逝去的青春一般，我开始力所能及地看他的每一次演出。小型歌友会也好，拼盘演唱会也好。

看着他热血的样子，就觉得自己大概也能年轻得久一点。

有一次，我有机会和他说话。我送给他一本我写的书，他接过去后说谢谢，他会看的。

虽然知道只是一句客套话，但我激动了很久。

再后来，我在影视媒体圈工作了一阵子，朋友的朋友是他身边的工作人员。朋友知道我喜欢他，常常开玩笑问我，要不要介绍你们认识啊？

要是放在以前，我一定会兴奋得要去操场跑上十圈才能平静，我一定会觉得自己是世界上最幸福的粉丝，我一定会说好啊好啊，然后一直设想着该怎样和他见面。

但我想了想，说，还是算了。

我说不清那种感觉。只是觉得，我好像变得成熟了。我还是会去看他的演唱会，还是会在演唱会上尖叫得像个傻子。

可我更明白了一点，追星的爱，大概是一种远远遥望的爱。因为是水中的倒影、镜中的花，所以可以极尽美好。可是一旦触及那个倒影那朵花，镜面是会碎的啊。

## *05*

我想，世界上有很多爱最后都会落到一句值不值得上，有很多爱都需要回应，有很多爱都需要靠近。

可追星的爱偏偏是这样一种：在外人看来性价比太低，最最不值得，你却觉得最最值得。你期待回应和靠近，却也不需要真正的回应和靠近。

偶像结婚，你感到失恋的那一天，青春也许还在。而你开始权衡得失，逐渐觉得这种爱不值得的那一天，青春便结束了。

第六辑

不想当暴露软肋的弱者，
又讨厌虚张声势地逞强

## 没有万人疼
## 就别玻璃心

*01*

有这样一种人。在好友的微博下留言评论之后，便一直惦念着这件事。

时间一分一秒过去，做什么都心不在焉，不时看看微博首页，为什么还没有新回复提醒？只好一次次去好友的微博页面，点开那条微博的评论，看到好友也没有回复别人，终于放心了：嗯，一定是因为没有看手机啦。

直到再次刷新评论，看到好友赫然回复了一个自己根本不认识的人，两人刷版聊天好不快活，瞬间就炸毛了。

我靠，那个人是谁，你们什么时候这么熟的，我怎么不知道？你明明都看了评论，为什么单单回复那个人而不回复我？

知不知道我主动给你留言却收不到回复，很没面子啊？难道我在你心里的地位，还比不上这个不知是谁的人吗？是不是你根本不像我在乎你那样在乎我，我拿你当朋友，你却并没有拿我当朋友？好吧，不拿我当朋友就算了，拉倒，咱们谁也别搭理谁。

于是，删除评论，甚至将这个好友拖入黑名单，发誓此生再不来往。

可惜在玻璃般易碎的心里百转千回过了这么多思绪，独自生了好几天闷气，当时的情况却可能是，那个朋友看到你的评论时已经躺在床上准备睡觉了，所以懒得打字回复，一觉睡醒就忘记了这件事。直到又有了其他人回复，刚好闲着，便和那个人聊起来。

哪有那么复杂。

当一段时间过去，朋友发现很久没在首页看到你的动态，才搜到你的主页点进去看——什么嘛，居然已经取消互相关注了？好奇怪啊搞什么根本不懂……算了……

不要指望神经大条，或者繁忙充实有自己的事要忙的人能猜透你那些乱七八糟的小心思。Who care？

只有空虚、无聊、弱爆的人，才有时间想太多，成为玻璃心患者。

## 02

之前有个高中女生在微博上私信我，说自己成绩挺好，又是班里的宣传委员，和大部分同学都关系不错。但有一天无意间听说有人不喜欢自己，在背地说她傻白甜，装纯，其实没脑子，只知道讨好老师，蠢得要命。

得知这个评价后，她非常伤心，偷偷哭了。她问，她又没伤害到那些人，为什么那些人会这么讨厌自己？

妄想得到所有人喜爱的玻璃心患者该醒醒了。

从小被长辈捧在手心里长大，所以都不知道世界上还有人会看自己不顺眼吗？何况，被几个无关紧要的人讨厌是多正常的一件事。

讨厌一个人不需要理由，或许只是简单的不合眼缘。

被毫不相干的路人讨厌了就讨厌吧，反正此生也不会有交集。只要自己在意的人喜欢自己就好了。

再刻薄一点说，太在意他人评价，难道不是因为不够自信吗？自己足够强大，就不惧诋毁。

## 03

小艾独自在异乡打拼，认识的人除了同事就是客户，身边连个老朋友或是同学都没有。

她常常自怨自艾，觉得自己特别惨。她不是主动要来这个城市的，大学毕业后本来在当地找了个不错的工作，人人羡慕，在小县城老家的父母向亲戚提起也有面子。结果刚上了一年班，就被外派到了现在的这个地方。

她有时越想越气，就打电话给以前的朋友。

大家一开始还安慰她，帮她出主意。工作不满意，干脆辞职回大学的城市，重新找一个？她优柔寡断，担心找不到更好的。

大家又建议她，要不就回老家吧，在父母身边总会好一些。她充满怨气地说，家里什么关系都没有，父母根本没能力给她安排工作，回去最多就是考个公务员或者进事业单位，在小县城每个月拿一两千，她才受不了。

后来大家发现，她只是想抱怨，想发泄，对她提出任何可行的建议，她总有理由拒绝。她一边活在怨天尤人中，一边又不想办法改变。

有个朋友指出了她这一点，她反而气急败坏，觉得那个朋友看不起她。最后大家干脆都对她敬而远之，她再打电话抱怨，也就随口安慰几句，不再费尽心思帮她想办法了。

她很生气，觉得朋友们一点都不在乎自己。

再好的朋友，也没有义务随时随地听你诉苦，对吧？

谁的生活没点难处，总把自己的难处无限放大，丝毫不考虑他人感受，总觉得全世界就你最惨，没完没了逮谁跟谁抱怨，却完全听不进他人意见，最后被他人厌倦也是正常的事。

不是温室里的花朵，就当一株生命力顽强的小草吧。

把玻璃心粘起来，好好反思一下——

不是困境都跟你过不去，是你太弱了；不是没人关心你，是你太作了。

## 04

我同事，一个小姑娘，有天发了条朋友圈，说自己过生日身边都没有朋友一起庆祝，那些以前记得她生日的老朋友这回也忘记了，没发来祝福。小姑娘的语气像个怨妇。

在意过生日之类的事，如果生日这天收到的祝福没预期的多，就难过得要命，为没人记得自己的生日低落不已。

得了吧，朋友乃至父母也没义务记住你的生日。看开些，生日不过是无数普通日子中的一天，没什么特别的。真的很想纪念，自己给自己买份礼物，再自己请自己吃顿大餐好了。

上网时看到过一个帖子，有个女孩问，今天是和男朋友在一起的一百天纪念日，男朋友到现在都没反应，好像根本就没意识到这件事，该不该分手？

谈恋爱后在意各种纪念日，不如问问你自己，对方平时有把你放在心上吗？

如果答案是肯定的，只因为对方是个神经大条的人，那不记得也没什么大不了的。如果对方平时就对你漠不关心，你只敢奢望在各种纪念日上得到对方的重视，那就别自欺欺人了，不如分手吧。

太在意生日、节日、纪念日，难道不是因为平日过得不够如意吗？

盼望着某一天抛下烦恼得以解脱获得大家关注，这天一结束就像过了十二点魔法的灰姑娘，又要去面对枯燥无味、毫无存在感的每一天。何不考虑一下努把力，靠自己让自己每天都开心？

## *05*

小庆是读大一的女生。

刚升入大学，一下子摆脱了中学校规的束缚，女孩子们都互相交流摸索着打扮的技巧。

隔壁寝室的同学买了双国际大牌高跟鞋，跟某明星走红毯穿的是同款。同班的女孩子都去她寝室围观了这双鞋，并收获了对于时尚的第一次认知。

几周后，学校举办主持人大赛。小庆报名参加了，没想到一路过关斩将，竟杀入了决赛。

决赛前辅导老师专门提醒过，让大家去租礼服，穿得庄重些。

小庆租到了礼服，当把那条修身的鱼尾裙穿在身上时，她发现自己缺了双高跟鞋。这时，她想起了隔壁同学的那双。她觉得，比赛那天借来穿一晚，应该没什么大不了的吧？

她去找那位同学说明了缘由。本以为十拿九稳的事，对方一脸不情愿，最后有些尴尬地说：不好意思，鞋子互相穿，不太卫生吧……抱歉。

小庆感到有些下不来台，脸上红一阵白一阵地回到自己寝室，哭了。

很困惑吧，你觉得理所当然的事，对方居然拒绝了帮忙。明明只是举手之劳，甚至连举手之劳都谈不上。

你好像也站在对方的角度考虑过了，并不是提出了无理的要求。你问过了那个同学，她那天晚上没有出门的打算，鞋子放着也是放着，借来穿穿有什么大不了的？你想不通她为什么要拒绝你。

其实有时仅仅是生活习惯不同，或者不愿意而已。

不要怪他人小气，当你去借一样东西，去请人帮忙办一件事，哪怕再小的事，再不会对他人造成影响，也不要料定别人百分之百会帮你，好吗？

拒绝是别人的权利，很正常，也没什么大不了的。

问问自己吧：当你有一台新的单反相机，某几天你也确实不会用，但有人那几天要出游，问你借相机，你肯吗？当你有一本心爱的绝版书，自己连翻一下都小心翼翼，有人要借去看，说实话就算别人看了对你也没什么影响，可你愿意借吗？

本来就是有求于人，当然要做好被拒绝的准备。只要对方拒绝就受到了伤害，你是哪儿来的自信觉得自己会被全世界宠爱？

## 06

好吧。

就算没办法让自己随性一点，仍然只能当一个空虚、无聊、想太多的人；

就算没办法对那些评论视而不见，仍然会在意他人的看法；

就算没办法足够强大，仍然觉得命运不公，需要倾诉；

就算没办法每天都过得精彩，仍然只能期待一年里那几个重要的日子；

就算没办法万事靠己，仍然要有求于人……

那就承认自己弱吧。

承认自己并不是什么世界中心，承认自己根本没有想象中那么被重视，承认自己只是一个平凡又普通的人。

只要承认了，就不会每被戳穿一次都被伤害一次。

大大咧咧地过吧。

别再拿捏着一颗公主心了好吗?

所有玻璃心啊，只因为无法认清普通又平凡的现实，却偏偏想要过那种万千宠爱的生活。

# 八十分的生活
# 就够了

## 01

我们知道，世间大部分事，付出和回报不成正比。

读书时，每天学习八小时能考八十分，每天学习十二小时却也只能考九十分。

一份工作，每天工作八小时能收获八十分的业绩，每天工作十二小时大概也只能把业绩提升到九十分。

可我们往往被蒙蔽了双眼，只是失心疯般地追逐完美，却完全不顾不成比例的付出。

为什么不追求一下性价比？

## 02

我的朋友小反中学时是个学霸。课间在学，吃饭在学，上大号在学，甚至连体育课自由活动时，也要回教室学。

她就是那种偶尔考砸一次大家都替她感到无限痛惜、没有任何人会责备她的人。因为每个人都知道她已经尽力了。

可也不知是学习方法不对还是什么，哪怕她付出了这么多的努力，还是比不过班里轻轻松松就总考第一的学神。她的年级排名在二三十，但她是最努力最用功的学生。

到大学后她突然开窍了，课本一扔，学起如何打扮来。无精打采束在脑后的低马尾换成了爽利活泼的短发，金属细框眼镜换成了隐形，大宝换成了专柜的护肤品，校服换成了商场里买的连衣裙。

我再见到她，惊讶得下巴都掉下来了，我说小反，你变了！

她不再耷拉着一双高度近视又没睡醒的眼睛，而是神采奕奕地说，是啊是啊，幸好及早醒悟了。

她一直都喜欢画画，可因为中学时被灌输了和学习无关的事都没用的观点，一直没机会学。大学后她报了一个成人美术班，每周去两次，慢慢竟画出一些不错的油画。

她每周都坚持运动，气色和身材比例都好了很多。

暑假时，她去国外旅行，或者在家看些闲书，甚至尝试玩游戏。她说，以前总觉得游戏让人玩物丧志，真正玩了以后才知道，有些游戏的构思真是精妙。

她不再把百分之百的时间都花在学习上了，期末虽然没考到第一名，但也拿到了奖学金。学习上虽然不够拔尖，但这点损失不值一提，她的生活变得更好了。

她说，她根本不喜欢应试学习，有那时间去学课本上的死知识，不如做点自己感兴趣的事，只是中学时太一根筋，总觉得学习和考试是人生最大的事。

### *03*

之前实习时，遇到的上司是个女强人。她把工作当作终生的事业来做，每天我去公司，她都已经在办公室忙碌了，而每次下班，她都是最后一个走。

听跟她关系好的同事姐姐说，她回家也放不下工作，常常在书房加班到夜里一两点。

她属于公司中层，工资并没有特别高。而因为她总是加班加点地完成工作，更高一级的领导愿意把更多的工作安排给她做。她担心分配给我们做不好，就自己全包揽了。

后来她生病了，是真正长期熬夜累出来的病。

手术后，我们去医院探视她，没想到刚能坐起来的她已经拿着笔记本电脑在收发邮件了。

同事劝她，好好养病，别这么辛苦了，工作是替别人工作，养好身体才是自己的。

她苦笑一下，不以为然地说，没办法啊，我就是劳碌命。

后来实习期结束，我离开了那家公司。因为受到她很多关照和提点，跟她一直保持着联系，前阵子看到她在朋友圈里说：终于下定决心辞职了。

我跟她聊了聊，她换了份工作，新公司无须加班，没有干不完的活儿，事做完就能下班，周末也不用加班，工资只比原来低一两千块钱。

她的朋友圈丰富多彩起来，逛街，美食，旅行，看电影。她发的自拍看上去终于像个三十岁出头、享受生命的女性，而不是心事重重的工作狂。

有一次我请她喝咖啡。她跟我聊肺腑之言，她说，做人不能太完美主义了。以前工作，她总是受不了任何一点纰漏，不管什么都要亲自核查一遍才放心，做事必须万无一失。直到有天她加班到两点，一站起身双眼一黑，独自晕倒在家里，她才真正反思之前的生活。现在她在慢慢调整，学会放弃完美，放弃对一切的控制。

## *04*

新闻里不乏看到这样的报道：程序员连续熬夜加班，过劳猝死；网络写手日日宅在家里熬夜写稿，过劳猝死；广告公司员工加班加点赶设计，过劳猝死……

世界上当然有值得我们抛头颅洒热血，即使献出生命也愿意的事。当我们热爱一件事，为它倾尽所有地付出当然可以。

但对大部分人来说，工作不是这样的事。

对于很多人来说，工作既不是为了理想也不是因为热爱，无非是挣点钱用来生活。

再往前推一步，之前的应试学习，大多数人不也是为了考个好分数，进一所好大学，然后找一份好工作吗？

说到底，都只是为了让生活更好而已。

可如果为了挣那点钱，我们将生活的幸福感也葬送了进去，未免太本末倒置了。

所以，对于这种不得不做的事，找到那个八十分的平衡点就可以了。

如果付出六十分的努力就能得到八十分，付出一百二十分的努力才能得到一百分。为什么我们不要八十分，偏偏要拼得头破血流，为了那个只不过面子上好看的一百分？

生活是你自己的，开不开心，你自己才知道。

### 05

有很多励志读物都号召人们要全力以赴。

有一段话说：你八点起床看书，觉得自己很勤奋，却不知曾经的同学八点就已经在面对繁重的工作；你周六补个课，觉得很累，打个电话才知道许多朋友都连续加班了一个月。你真的还不够苦，不够勤奋和努力。

这段话被很多人转发。我们读完这段话，难免会被带进它表述的价值观里，从而羞愧难当，总觉得自己不如他人勤奋，浪费了大好光阴。

可为什么明明该去享受的生活，要像战斗一样去过？

从八点工作到深夜还连续一个月不休，这样真的有幸福感吗？

图点什么啊。

有时，社会把人生成功的意义定义得太狭窄。

学习好是成功，挣钱多是成功，努力拼搏是成功。

难道好好享受人生就不成功吗？

不要太计较世俗意义的成功了。

只要八十分，多出的精力可以用来和喜欢的一切相处。怎么听，也比想要一百分，却失去了喜欢的一切更划算吧？

整天像拼命三郎一样活着是为了什么？

不如好好考虑自己真正需要的是什么，想过的日子是什么样。

对于我来说，只要八十分的生活就够了。

# 其实装逼
# 也挺辛苦的

## *01*

刘慈欣拿了雨果奖后，本来小众得不能再小众的科幻文学流行起来。

身边那些一听到"理科"两个字都会头疼的朋友，竟纷纷读起《三体》。

看科幻小说当然并不需要懂什么高深的科学知识，囫囵看个故事情节也还行。但不少构思就难以理解了。

我作为一个曾经的科幻相关从业人员，得时刻准备着为他们科普各种概念。包括最基础的太阳系八大行星；包括炸太阳为什么要以炸水星为引信，因为水星轨道离太阳最近；包括我们与其他恒星系之间以光年丈量的距离……

老实说，我并不因为自己多懂一些科幻概念就心生优越。毕竟这只是一种爱好，既赚不了钱也当不了饭吃。

可一些明明是常识的知识，竟也有那么多人云里雾里。有时被问得不耐烦，我也特别想反问他们，没学过初中地理吗？小时候没看过畅销成百上千万套人手一册的《十万个为什么》吗？明明对科学这么不感兴趣，干吗强迫自己读科幻小说呀？

我想起一件哭笑不得的事。

前两年，诺兰的新片《星际穿越》红极一时。所有爱好科幻的不爱科幻的，懂科学的不懂科学的，统统追随潮流走进影院看《星际穿越》。

我去的那场，近三百个座位的影厅爆满，连第一排都坐满了人。其中不乏那类平时听到和物理沾边的名词，都会皱着眉撒娇大喊"不懂"的时尚女孩。

好吧，不能以貌取人，或许人家心底真的也有仰望星空的梦。

可惜影片开始没多久，我就发现以貌取人是对的。当主角一行人第一次决定休眠，钻进充斥着营养液的休眠舱时，旁边的时尚女孩跟同伴道："噢！原来宇航员在飞船里是这样洗澡的呀。"

我几乎被她过大的脑洞击瘫在座椅上。

哎，我说你们啊，平时不是最讨厌各种物理学理论吗？不是对科技毫无兴趣吗？为了"看过"当下最火的影片，强迫自己接受三小时星际探索教育，还要假装兴趣盎然，何苦折磨自己呢，就不能愉快地去看个偶像爱情片吗？

也真是太拼了。

## 02

这种附庸风雅的行为，通俗点说就是装逼吧。

为了让自己显得高端一点，强迫自己去做一些看上去很厉害，但做起来不怎么愉快的事；抑或是装出一种脱离实际的生活状态。

## 03

中学的时候，我是个文学少女。作为一个文学少女，看书必看卡夫卡、乔伊斯、卡尔维诺、博尔赫斯。乃至大学到了中文系，平日里去图书馆借阅的也是类似的书籍。虽然看得很累，还是把这些名著啃了下来。

有些同学看言情小说、玄幻小说，我都偷偷鄙视他们，觉得他们太没文化了。还有一个同学，在网上连载小说，听说点击还挺不错。我内心不屑：写网络小说有什么了不起嘛！

可惜风水轮流转。现在，当年那个同学写的网络小说已经火了。我呢，出了几本没人看的书，考虑着要不要转型创作一下网络小说试试。

我早已忘记当年看的《尤利西斯》《追忆似水年华》这些书里讲的什么内容。

工作后，实在心力交瘁，静不下心来看那些高深莫测的小说，想进行一些放松式的阅读。在同事的推荐下，我尝试着读了最流行的网络小说《盗墓笔记》，当下便觉得打开了新世界的大门。

我靠，太他妈好看了！

之前的十几年我为什么要抗拒读它们？

## 04

有一次，我被邀请去参加一个典礼。典礼上不乏一些业内的大咖，我作为一个小透明，自然是诚惶诚恐。

当天，我找出了衣柜里最贵的一套衣服，花了一个小时化妆，把自己打扮得尽量像个精英。

到了典礼会场，我全程都努力维持着形象。套裙很修身，为了不让小腹鼓出来，我一直提着一股气收腹。双脚踩在高跟鞋上，没一会儿就硌得发疼。假睫毛戳着眼睑，有时会疼得我直想流泪。

这个状态实在非常不自然，可我咬牙忍着。因为我觉得，我都这样了，看上去总该成熟优雅了，而不是一个初出茅庐的小妞了吧。

结果真正的大咖一出来，哪怕她只穿着最简单的白 T 恤配牛仔裤，还是光彩照人，一下子就把我秒杀了。

我瞬间沮丧到极点。

让我们看起来高级的，并不是服饰，而是由内而外散发的气质。

气质优雅的人，可以把地摊货穿得像大牌；不自信的人，大牌穿在身上也像山寨。

我们为了提升档次，总是买超出实际经济能力的服饰。好

像穿上那些名牌，自己也就进入了上流社会一样。可是，这只
是我们对上流社会的假想罢了。

就好像我曾经觉得只要读过了那些高深莫测的文学大部
头，就能成为一名高雅的作者一样。最后却不得不沮丧地发现，
自己是俗人一个。

不如大方地承认，看通俗小说获得的快乐，比看那些经典
名著更多。

## 05

然而承认自己的庸俗并不那么容易，我们每个人都在时刻
表演着。

有一种病叫"表演型人格"。

我有个同学，中学时在班里特别不起眼。后来听说定居国
外，还拿到了绿卡。

她总是在朋友圈发国外的街景。

直到有一天，有人在老家的超市遇到了她。

其实遇到她的那个人并未起疑，她却有些惊惶地赶紧解释，

说自己回来办什么证件。

那人回过味来，翻看了她的朋友圈，发现她前一天还说在国外的某家餐厅吃饭。再后来，那条朋友圈删除了。

私下里，这件事很快传开了。大家顿时明白过来，她从来没生活在国外，也没拿到什么绿卡。这一切都是她假装出来的罢了。

这并不罕见。

网络给了人们一层外衣，总有些人为了博取网友的眼球，假装自己是白富美，假装自己有一个有钱的男友，假装自己过着花天酒地的生活。

而现实生活中呢？可能发帖的只是一个灰头土脸的宅女。

当这些人的谎言被拆穿，围观群众免不了嘲笑一番，可说到底，没有人不粉饰自己。

只是演的程度不同而已。

在聊天中，对方提出一个自己从没听过的概念。哪怕从没听过，却还是装模作样地说：对对对，我知道。生怕自己表现出一点不懂，就被对方看扁。

明明长了一脸痘痘，却要发一张磨皮磨到连毛孔都看不见的自拍到网上，接受网友们违心的夸赞：哇，皮肤真好！

慢慢地，我们假装懂很多，假装很优秀，连自己都快相信了。

有时想想，我们为什么要附庸风雅？为什么要故作姿态？

说到底，大概是因为不够自信吧。

因为不够自信，所以才需要这些身外的装饰，令我们看起来是一个更高级的自己。

殊不知，这种假装外强中干。

我们演得这么辛苦卖力，在明眼人的眼中却如一个跳梁小丑。

自以为天衣无缝，旁人早就看穿了。

# 做一个
## 有底气的人

*01*

读书时最钦佩的不是学霸，而是学神。

你几乎看不到学神用功学习。他们在课堂上看课外书，考试的前一个晚上还在打刀塔（游戏名称）。老师不对时就他们敢叫板，没有任何老师可以用权威的身份命令他们做不愿意做的事。他们不感兴趣的学科随便翻翻书也能考高分，而感兴趣的科目，早就不再看课本而是看英文论文了。

我中学时班里有个学神。老师在讲课，他自己拿个笔记木电脑坐在教室最后一排研究编程。考试成绩一直是年级前三。高三第一堂英语课，新换的英语老师对他不了解，直接说，坐最后一排那个同学，你再上课玩电脑以后就别听我的课了。学神耸耸肩，抱着笔记本电脑就走了。

后来他高考英语拿了 141 分。其实高二时他就参加了托福考试，拿了 108 分。

他当然太张狂了。

可是，因为底气不足的我们从小忍耐，我们多么崇拜那些不必忍耐的英雄啊。

就像孙悟空，不想忍耐当个弼马温，干脆把天庭砸了。

## *02*

初中时，班里有个男生因为说话结巴，很受其他男生的排挤和欺负，只好跟女生玩。

欺负他的人以班里一个哥哥在高中部混得很开的孩子为首。

他们嘲笑他，打扫卫生时留他一人，甚至撕他的作业本。因为他爱哭，其他人更爱欺负他了。他常常身上青一块紫一块地回家去。

家长来跟老师反映过好几次情况。老师批评教育了其他男生，但那些男生老实不了一周，就又开始欺负他。

直到有一天，向来胆小内向的他爆发了。他发狂地吼着，拿着铁制的文具盒，对着那个为首的男生猛敲。

最后，虽然他挂了有史以来最严重的彩，但那个常年欺负人的男生也没比他好到哪儿去。再以后，男生们都不敢再欺负他了。

因为和女生的关系不错，我们偷偷问他，你那天是怎么了？平时都没见你敢打人啊！

他仍旧结巴着，脸上却挂着一丝笑容回答：以、以前，我爸，让我，不、不要跟别、别人打架。那天，我、我爸跟我说，忍、忍不了就打吧。打伤了，医、医药费他赔。

我们都说，你爸太帅了！

我想，对于小孩子来说，父母能成为他们的底气，是一件很骄傲的事吧。

## 03

我们喜欢看这样的新闻。

打扮低调的富翁去逛奢侈品店，被店员冷落白眼。结果富翁把一面柜台一指：这些，这些，还有这些，全要了。

小伙子带着伴郎团上门迎亲时，被新娘家人百般羞辱刁难，耗了几个小时没让进门。小伙子转身就走：婚宴就当请哥们儿吃饭，这婚老子不结了。

家庭主妇费尽心思操持家庭，却被婆婆冷言冷语嫌弃没工作没收入，老公也沾沾自喜，觉得是自己在养家。主妇递上一纸离婚协议，出去工作赚钱了。她的能力可比男方强多了，要找工作还不是分分钟的事。

有能力的员工难以忍受老板的愚蠢，在老板再一次提出无理的要求时，双手一摊：随便吧，我辞职，不干了，反正也不愁找不到新公司。

我们羡慕那些有底气说不就不，有底气说撂挑子就撂挑子，有底气说走就走的人，是因为我们顾虑太多，隐忍太多。

而为什么忍耐，是因为我们还不够强大啊。

### 04

我的朋友小桔，我们都为她心疼。

在筹备婚礼的过程中,他发现了未婚夫和别的女孩去开房。

这可是原则性的问题。

小桔气得浑身发抖,在我们怀里哭得快背过气去了。

我们说,这么生气,就和他分手吧。反正还没结婚,应该庆幸趁早看清了那个人的嘴脸。

可是小桔说,现在分手已经来不及了呀。

婚礼的请帖发出去了,此刻再取消,脸面上过不去。何况小桔很爱那个男生,那个男生也向她保证,只是想在结婚前最后追寻一下刺激,以后再也不会这么做了。

我们说,这种保证基本上说了等于没说啊。

小桔结结巴巴地说,但是,他平时对我也挺好的。而且,现在分手,再重新谈一次恋爱,等到结婚,就超过三十了吧。

所以呢?

她只能当那件事没有发生过,也没有跟任何长辈提起。他们最终还是如期举办了婚礼。

而在婚礼上,小桔的笑容总有点心酸。


恋人明明做了很过分的事,可因为太爱对方,或者担心离开对方后找不到更好的伴侣,或者担心自己年纪太大此时分手代价太高，最终选择了原谅。

而选择原谅，意味着双方都要在此后的日子里，面对那一根不能提起的刺。

## *05*

我们怎样才能有恃无恐呢？

有钱应该可以吧。碰瓷的老人太讨厌了，没有钱都不敢扶他们了。而如果很有钱，就有底气扶那些老人。遇到碰瓷的，妈的你不是说你腿断了吗？我就真把你撞断，反正有钱赔。

有能力应该可以吧。不懂装懂的人太讨厌了。可如果自己不够权威不够出众，也不便指出他们的错误。而如果自己是业界大牛，就有底气非常确定地跟他们说，你们提出的观点全错了。

有亲人和朋友应该可以吧。因为知道总有人会无条件支持自己，总有人无条件对自己好，总有人能让自己完全信赖。哪怕对抗了全世界，也有一个等着自己回去的港湾。

那种不必看任何人脸色的日子，想想都觉得过瘾。

我们不追求大富大贵飞黄腾达出人头地，可我们每个人所做的一切努力，都是为了有底气。

有底气说"不"。

有底气拒绝。

有底气不让自己受委屈。

我们从小被要求隐忍、内敛、谦让、不计较，好像具备这些品质，才能算是一个善良的好人。

如果太有底气，反而会被认为飞扬跋扈，会被他人说别以为有点本事就了不起。

可这又怎样？

要当一个有底气的人，第一步就是抛开他人的看法，管别人怎么说。

只要不危害社会，不妨碍他人的利益，自己能承担后果，为什么要一忍再忍，为什么要委曲求全？

先让自己强大起来。

之后，愿这种强大终能成为我们的底气。

图书在版编目（ＣＩＰ）数据

你的人生还可以再抢救一下 / 陈虹羽著. -- 南京：
江苏凤凰文艺出版社, 2017
ISBN 978-7-5399-9654-7

Ⅰ.①你… Ⅱ.①陈… Ⅲ.①散文集-中国-当代
Ⅳ.①I267

中国版本图书馆CIP数据核字(2016)第226351号

----------------------------------------------------------------------------------

| | |
|---|---|
| 书　　　　名 | 你的人生还可以再抢救一下 |
| 作　　　者 | 陈虹羽 |
| 出 版 统 筹 | 黄小初　沈浛颖 |
| 选 题 策 划 | 北京记忆坊文化 |
| 责 任 编 辑 | 姚　丽 |
| 特 约 编 辑 | 单诗杰 |
| 责 任 监 制 | 刘　巍　江伟明 |
| 版 式 设 计 | gemini_jennifer |
| 封 面 设 计 | 金赎工作室 |
| 出 版 发 行 | 凤凰出版传媒股份有限公司 |
| | 江苏凤凰文艺出版社 |
| 出版社地址 | 南京市中央路165号，邮编：210009 |
| 出版社网址 | http://www.jswenyi.com |
| 经　　　销 | 凤凰出版传媒股份有限公司 |
| 印　　　刷 | 环球东方（北京）印务有限公司 |
| 开　　　本 | 787×1092毫米　1/32 |
| 字　　　数 | 125千字 |
| 印　　　张 | 8 |
| 版　　　次 | 2017年3月第1版，2017年3月第1次印刷 |
| 标 准 书 号 | ISBN 978-7-5399-9654-7 |
| 定　　　价 | 32.00元 |

江苏凤凰文艺版图书凡印刷、装订错误可随时向承印厂调换